文春文庫

夢よ、夢

柳橋の桜（四）

佐伯泰英

文藝春秋

目次

「柳橋《やなぎばし》の桜」

おもな登場人物

桜子《さくらこ》

小さいころから船頭の父・広吉《こうきち》の猪牙舟にのせてもらい、舟好きが高じて船頭になることを夢見ながら成長する。背が高いため「ひょろっぺ桜子」とも呼ばれている。八歳から始めた棒術は道場でも指折りの腕前。

大河内小龍太《おおこうちこりゅうた》

薬研堀にある香取流棒術大河内道場の道場主・大河内立秋《りつしゅう》の孫。桜子の指南役。香取流棒術に加え香取神道流剣術の目録会得者。

猪之助《いのすけ》

船宿さがみの亭主。妻は小春。桜子を小さい頃から見守り、娘船頭になることを応援している。

お琴《こと》(横山琴女《ことじょ》)

桜子の幼馴染みで親友。父は米沢町で寺子屋を営む横山向兵衛《こうべえ》、母は久米子《くめこ》。物知りで読み書きを得意とし、寺子屋でも教えている。背が低いので「ちびっぺお琴」と呼ばれるときもある。

江《え》ノ浦屋彦左衛門《うらやひこざえもん》　日本橋魚河岸の老舗江ノ浦屋の五代目。桜子とは不思議な縁で結ばれている。

小三郎《こさぶろう》　読売「江戸あれこれ」の書き方にして売り方。版元店主はたちばな屋豊右衛門《とよえもん》。

北洲斎霊峰《ほくしゅうさいれいほう》　絵師。東洲斎写楽の弟子。

倉林宋左衛門《くらばやしそうざえもん》　勘定奉行筆頭用人。

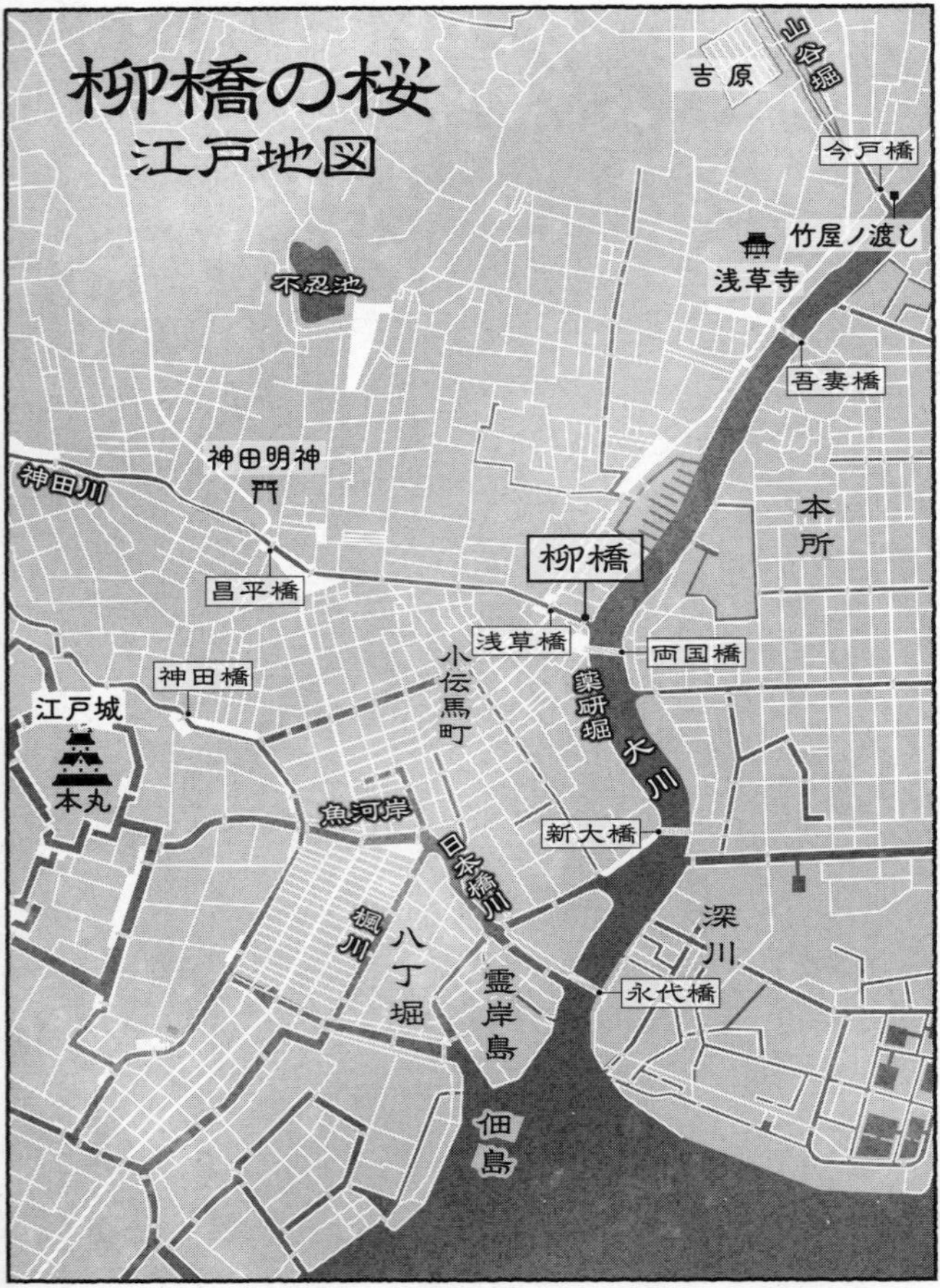

柳橋の桜
江戸地図
吉原
山谷堀
今戸橋
竹屋ノ渡し
浅草寺
不忍池
吾妻橋
神田明神
神田川
本所
柳橋
昌平橋
浅草橋
両国橋
神田橋
小伝馬町
薬研堀
江戸城
大川
本丸
魚河岸
新大橋
日本橋川
深川
楓川
八丁堀
霊岸島
永代橋
佃島

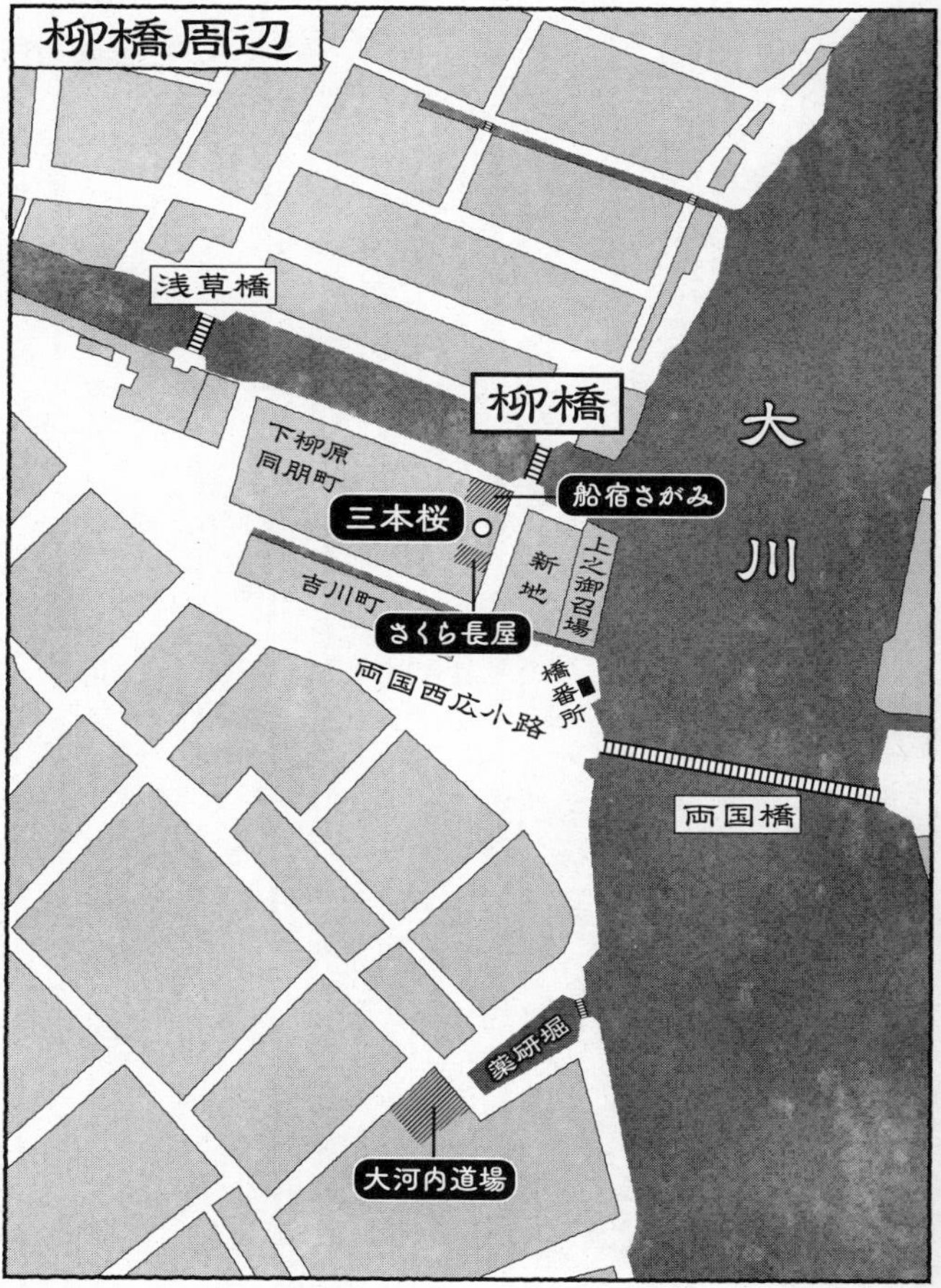
柳橋周辺
浅草橋
柳橋
大川
下柳原
同朋町
船宿さがみ
三本桜
新地
上之御召場
吉川町
さくら長屋
橋番所
両国西広小路
両国橋
薬研堀
大河内道場

夢よ、夢

柳橋の桜（四）

序章

インド・ベンガル地方のカルカッタ（コルカタ）港。

長崎会所《ながさきかいしょ》の所有帆船長崎一丸《ながさきいちまる》と上海丸《シャンハイまる》の二隻《せき》が停泊していた。広大な港湾施設の一角にオランダ国の交易帆船二隻が長崎会所の二隻から離れて碇《いかり》を下ろしていた。

この日、長崎会所の二隻の交易船の船長《ふなおさ》を兼ねたカピタン・リュウジロ、その娘でオランダ通詞《つうじ》の杏奈《あんな》らがオランダ国の交易船ロッテルダム号に呼ばれて話し合いを行っていた。

大河内小龍太《おおこうちこりゅうた》と桜子《さくらこ》は二日前に着いたカルカッタの近代的な町並みを飽きることなく眺めていた。

カルカッタの繁栄は一六九〇年にイギリス東インド会社のジョブ・チャーノックがベンガル地方、ガンジス川支流のフーグリ川沿いに商館を築いたことに始まる。十七世紀後半以降、イギリスとフランスが激しい植民地抗争を続けた後、十八世紀後半からイギリスの植民地支配が進み、ヨーロッパまがいの近代都市に発展した。

「小龍太さん、長崎から遥々《はるばる》遠くまで旅してきたわね」

「ああ、われら、いくつの国を、港を経《へ》巡《めぐ》ってきたか」

何十回交わした問答だろう。カルカッタの広大な港湾を見ながらふたりはここでも同じ問答を繰り返した。

「長崎から半年の予定の旅がすでに十月《とつき》を経て、われらカルカッタにおる。長崎に戻る折りは一年を大きく過ぎぬか」

「わたしたちの江戸ははるか遠くに姿を消したわ」

「いつ二枚の絵が待つ長崎に戻れるのか」

「オランダ東インド会社との話し合い次第ね」

と桜子が長崎から交易船団を率いてきた主要帆船ロッテルダム号を見た。

長崎会所と出島《でじま》のオランダ国側の合同交易船四隻による商いは両者が予測した以上に順調であった。この交易の好況がふたりをインドのカルカッタにまで連れてきていた。

だが、この地でオランダ商館側と長崎会所側に意見の相違が生じたか、この二日ほど両者は話し合いを繰り返していた。オランダ側はこの四隻体制でヨーロッパまで続航したい考えを示したとか。長崎会所側はもはや当初の予定を大きく超えた交易をいったん終了して長崎に帰港することを強く望んだ。

ロッテルダム号から長崎会所の小舟《ボート》が会所側交易船団長兼カピタン、それにドン・ファン・ゴンザレス・デ・マケダ侯爵・杏奈夫婦らを乗せて長崎一丸へと戻ってきた。

「どうだったの」

と硬い表情の一行に桜子が問うた。

いきなり杏奈が、

「桜子、オランダ商館にいたアルヘルトス・コウレル絵師の消息が分かったわ」

と問いとは別の話柄《わへい》を告げた。

「長崎でわたしたちを待つ二枚の絵を描いた主ね」

「コウレルはすでに身罷《みまか》っていた」

杏奈は自裁とは言わずにコウレルの死を告げ、

「ケンプエル医師が推量していたとおり、幼い桜子と父御の絵を、やはりオランダ国に戻ってから、油練りの絵の具で描き残していたの。絵描きが亡くなったあと、『花びらを纏《まと》った娘』と『チョキ舟を漕《こ》ぐ父と娘』と題する二枚の絵は、オランダで評判が急に上がったの」

　と前置きすると、コウレルが私淑したオランダ黄金時代の画家フェルメールの回顧展で、『真珠の耳飾りの少女』とコウレルの作品二点が並べて展示され、なんとフェルメールよりも高く評価されたことを説明した。

「よかったわね。だってフェルメールって高名《こうめい》な絵描きさんという話よね。それに比べてコウレルさんはなかなか世間に認められなかったのでしょ」

「桜子、ふたりは百五十年ほど時代が違う。片方はオランダに勢いがあった時代の絵師のひとりで、このところ人気は下降していたが高い名声に変わりない。それにくらべてコウレルは絵描きを志す名もなき若者に過ぎなかった。かれが故国での成功を期して江戸で描いた桜子の絵二枚はオランダでは当初認められなかったの。さっき言わなかったけどコウレルは絵を認めてくれない世間の冷たさをはかなみ、自裁したの。その直後にコウレル作品は評判が高まったの」

「なんてことなの」

　桜子は長崎で自分たちの帰りを待つ二枚の水彩画を思い出していた。

「桜子、ロッテルダム号に乗ってオランダに行き、コウレルが尊敬したフェルメールの絵と油絵の具の『花びらを纏った娘』を見る気はない。オランダ人たちは桜子が望むならばオランダに連れていくと言っているわ」

「えっ、どういうこと。杏奈たちもオランダへ行くの」

桜子の問いに杏奈がしばし間を置き、首を横に振った。

「私たち、オランダの交易帆船二隻とは別れて、このカルカッタから長崎に帰ることになったわ」

「おお、それはいい」

「やった」

と思わず小龍太と桜子が喜びの声を発していた。

「コウレルの『花びらを纏った娘』を見なくていいの。フェルメールより人気が高いとなると早晩王様のお城にとこしえに飾られることになるかもしれないと、オランダ人たちが言っているのよ」

ヨーロッパでフランスやオランダの王宮に展示されることがどれほど名誉かと杏奈が上気した口調で説《と》いた。

長い沈黙のあと、桜子が、

「わたしとお父《とっ》つぁんは偶《たま》さかコウレルさんの目に留まり、絵に描かれただけの和人の父娘よ、絵描きではないわ。わたしたちを長崎で待っている、あのコウレルさんの二枚の絵があるだけで十分よ。小龍太さんもわたしも杏奈たちといっしょに長崎に戻るわ」

と言い切った。

第一章　江戸くらし

一

文化《ぶんか》四年（一八〇七）、新たな桜の季節が江戸に訪れていた。

江戸を不在にしていた大河内小龍太と桜子のふたりが長崎会所の交易帆船の荷舟に乗って一年半ぶりに大川《おおかわ》と薬研堀《やげんぼり》を分かつように架かる難波橋《なにわばし》を潜《くぐ》ろうとしていた。

昼下がりの刻限だ。

香取《かとり》流棒術道場の老道場主大河内立秋《りっしゅう》は、偶さか訪れていたお琴《こと》こと横山琴女《よこやまことじょ》を見送って門前に出ていた。ふたりの足元には飼い犬のヤゲンがいた。

むろんお琴が立秋老を訪ねたのは急に老いた道場主を慰めるためだ。今日も一刻（二時間）あまり、理由《わけ》あって江戸から姿を消し、肥前《ひぜん》長崎からなんと異国へ旅しているはずの小龍太と桜子の近況を互いに推量で語らった。それが立秋老の寂しさをいくぶんかは和《やわ》らげるとお琴は承知していたからだ。

「お琴よ、わしはもはや小龍太と桜子のふたりにこの世で再会できるとは考えておらん」

とこの日だけでも何遍も繰り返した言葉を口にした。

そのとき、立秋の足元にいたヤゲンがワンワンと難波橋に向かって吠《ほ》えた。

「ご隠居、またそんな言葉を口にして、ヤゲンが怒っているわ」

「お琴、年寄りの気持ちを無益に口にしただけよ。ヤゲンもわしの気持ちを察して吠えたにすぎんわ」

と漏らした立秋が薬研堀にふと視線をやった。

難波橋の袂《たもと》には柳の木が植わっていたが、薬研堀には一本だけ桜の木があり、満開に花を咲かせて、時折り風に吹かれて散っていた。

橋下から一艘《そう》の荷船が姿を見せた。見慣れた和国のものではなかった。そんな船に向かってヤゲンが吠えながら船着場に走っていった。

お琴も難波橋に視線を向けた。

近づいてくる荷船の、満載された荷の間からふたりが立ち上がった。

「まさか」

「なんだな、お琴」

しょぼしょぼした眼を薬研堀からお琴に向けた立秋老の耳に、

「桜子が、桜子が」

と繰り返す言葉がなんとか届いた。

「お琴、桜子も小龍太も異郷におるわ」

と漏らす立秋に、

「いえ、桜子と若先生が戻ってきたのよ」

と告げると船着場に駆け下りながら手を振った。

「お琴もヤゲンも狂いおったわ」

と弱々しい言葉を吐いた立秋老が薬研堀を見た。

春の陽射《ひざ》しの下、確かに見慣れぬ荷船が薬研堀のどんづまりの船着場に接近してきた。そして、荷船から、

「お琴ちゃん」

「爺様、息災か」

という言葉が投げかけられた。

「まさかまさか、こんなことがあろうか」

と呟《つぶや》きながら立秋老が船着場によたよたと駆け寄っていった。

ヤゲンの興奮した吠え声が薬研堀に響き渡り、

「おお、ヤゲンも元気じゃな」

と小龍太が飼い犬に声をかけた。

お琴は船着場の石段の途中に立ち止まり、ふたりの友を見ていた。

陽に焼けた顔と一段とたくましくなった体付きを、

(異国を旅すると異人に似てくるのか)

と無言で見ていた。

「お琴ちゃん」

桜子の声にお琴の両眼が潤んだ。

小龍太は想像していた以上に老け込んだ祖父に掛ける言葉が思いつかなかった。

ふたりが身内にも親しい友にも事情を告げずに長崎会所の交易帆船上海丸に乗り込んだ日からおよそ一年と半年が経過していた。祖父にとってこの歳月は小龍太が想像する以上に寂しさに耐える日々であったようだ。

長崎会所の交易帆船、肥前丸《ひぜんまる》の荷船が薬研堀の船着場に横付けされた。

最初に船に飛び込んだのはヤゲンだ。桜子と小龍太の足元にじゃれつくと喜びの吠え声を上げて尻尾《しっぽ》を振り回した。

「ヤゲン、われらのことを覚えておったか」

小龍太がヤゲンの体を持ち上げて桜子の顔に寄せた。ヤゲンが桜子の顔を舐《な》めて、すぐに顔を背《そむ》けた。

「潮風と異国の食い物でわたしのにおいも変わったのかしら」

「どうやらそうらしいな。一年半もの歳月、われらもあれこれと苦労もしたゆえ顔も体付きも変わっておろう。ヤゲンが驚くのも無理はない」

と応じた小龍太に荷船の船頭のひとりが声をかけた。お琴は見たことはなかったが、まるで異人船の水夫《かこ》のような形《なり》だと思った。

「師範、積み荷をどうしますな」

「おお、すべてこの船着場に下ろしてもらおう」

と小龍太が応じると、荷船に積まれたたくさんの荷にかけた麻縄を水夫ふたりが解《ほど》き始めた。

「なんなの、この大荷物」

とお琴がふたりに聞いた。

「おお、江《え》ノ浦屋《うらや》の大旦那へ長崎会所からの品々を預かってきた。それにわれらふたり、長崎会所の商いの手伝い料としてあれこれと頂戴《ちょうだい》したのだ」

とお琴に返事をした小龍太が、

「爺様、まずわが屋敷にこの荷を下ろしてかまわぬな。道場に一時入れさせてもらえぬか」

「うむ、何が積まれておるか知らぬが大変な量の品物じゃな。道場に入れるがよかろう」

と立秋は答えたものの、実際のところなにが起こっているか理解がついていなかった。

「師範、わしらも手伝いますで、一気に屋敷のなかに入れませぬか」

と水夫のひとりが低声《こごえ》で願った。異国の品々であることをこの界隈《かいわい》の住人にあまり知られたくないようだった。

「承知した」

小龍太の返事にお琴が、

「私も手伝う」

と声をかけ、桜子が、

「お琴ちゃん、この箱を持っていってくれない」

と木の箱を差し出した。

「中身はなんなの」

「お琴ちゃん、絵が二枚、それに素描画《そびょうが》もたくさん入っているの。わたしにとって一番大事なものかな」

「絵って、なんの絵なの。そびょうがって、なあに」

「あとで見せるわ。魂消《たまげ》ると思うな」

「まさか異国で絵を買ったの」

「違うわ。ともかくその箱を真っ先に道場に入れてね」

と桜子が願い、お琴が両手で箱を抱えて道場に運び込んだ。

肥前丸の水夫ふたりの手伝いで、小龍太と桜子は肥前丸の主甲板に載せてきた異国風の荷船から荷を手際よく下ろし、大河内家の棒術道場へと運び込んでいった。荷はすべて航海中に海水を被《かぶ》らないように油紙や帆布《はんぷ》で包まれていたから品がなにか外からは一切分からなかった。

半刻《はんとき》(一時間)ほどで荷船の品は道場に運び込まれ、水夫ふたりは空船《からぶね》に乗って、佃島沖《つくだじまおき》に停泊している肥前丸にさっさと戻っていった。

「小龍太、そなたら、長崎で商いをしておったか」

道場に広げられた荷を見た立秋が小龍太に質《ただ》した。

「爺様、そんなところかな」

「棒術の稽古《けいこ》もせずに商いの手伝いか。嘆かわしや」

「爺様、荷船の船頭がそれがしを師範と呼ぶのを聞かなかったか。桜子とふたり、われら、長崎会所の交易帆船の乗組みの者に棒術を指南しておったぞ」

「素人《しろうと》相手に指南して師範と呼ばれておったか」

「爺様、異人相手の交易には危険が伴うのだ。交易帆船には大筒《おおづつ》が何門も積まれており、水夫たちは剣付き鉄砲で武装しておる。大名家やその家臣や直参《じきさん》旗本なぞより武力が求められる場で商いをしているのだ。いまや異国交易の商人衆《あきんどしゅう》のほうが武術を要しておるわ。爺様、われらはその者たちに棒術を教え、時に海賊たちと砲戦に臨み、最後は斬《き》り合いになる場にいたのだ。最前、この品々を運んでくれた水夫たちも数多《あまた》の戦《いくさ》を経てきた者たちよ」

「信じられぬな。小龍太、そなたら、われらの知らぬ土地を旅してきたゆえにさような虚言を弄《ろう》しておるのではないか」

と言った立秋老が桜子を見て、

「桜子、小龍太は長崎にて武術よりも口先の言い訳ばかり鍛えておったか」

「大先生、小龍太さんの言葉は真《まこと》のことです。ただ今は江戸の武家方よりも長崎会所の交易船の水夫らのほうが戦に臨んでおりましょう。命を張らなければ異国交易は成り立ちません」

と桜子が請《う》け合った。

「よかろう。そなたらがさような言辞を弄するのであれば、明日にも朝稽古の折りにこの一年半、なにをなしていたか見せてもらおうか」

と立秋老が言い切った。

「桜子、この大事な絵とやらをそろそろ見せてくれない」

とお琴が言った。

「いいわ、その前にお願いがあるの。江ノ浦屋の大旦那様に、わたしどもふたりが戻ってきたことを告げてくれない。長崎会所が江ノ浦屋へ届ける荷は、大金がからむ品々と思うわ。今日じゅうに江ノ浦屋の大旦那様にお渡ししたいの。わたしが行ければいいんだけど、江戸の事情が分からないゆえ、わたしはまだ出歩かないほうがいいと思うわ」

「分かった」

と即答したお琴が棒術道場から飛び出していった。

一刻後、お琴は薬研堀に屋根付きの荷船で戻ってきた。むろん江ノ浦屋五代目彦左衛門《ひこざえもん》もいっしょだった。さらに江ノ浦屋の奉公人が船頭ふたりのほかに何人も乗っていた。

「大河内小龍太様、桜子、ご苦労でしたな」

とまずはふたりの一年半を労《ねぎら》った。つまり長崎会所の総町年寄高島東左衛門《そうまちどしよりたかしまとうざえもん》と江戸の江ノ浦屋彦左衛門との間には、常に定期連絡があり、江戸を離れてからのふたりの行動を彦左衛門はおおよそ承知していると考えられた。

「大旦那様、こちらが品揃《しなぞろ》えの書付でございます」

と桜子が彦左衛門に渡した。その書付を行灯《あんどん》の灯《あか》りで確かめた彦左衛門が荷と合わせていき、

「確かに受領しました」

と頷《うなず》いた。

「桜子、私、家にこんなに遅くなるなんて言ってきてないわ。こちらはまだかか

りそうね。絵は明日にも見せてもらうね」

と言ったお琴が大河内家の道場から引きあげようという様子を見せた。

「ご免なさいね、こちらの都合ばかりで」

彦左衛門がふたりのやり取りに関心を示した。

「なんだな、絵とは」

「いいわ、江ノ浦屋の大旦那様にも絵を見てもらいたいの」

と言いながら道場の見所《けんぞ》に置かれた木箱を行灯の灯りのもとへ運んできた。

「オランダ商館長一行が江戸参府に出てきて旅籠《はたご》の長崎屋《ながさきや》に逗留《とうりゅう》することはご存じよね。いまから十数年前、オランダ商館長の付き人だった若者、アルヘルト・コウレルという絵描きを志すオランダ人が江戸に出てきて滞在したの。その折り、コウレルは長崎を出立《しゅつたつ》して以来、江戸に着くまでの間、道中の景色や宿場の様子や出会った和人などを墨一色で描いてきた、そんな絵が何百枚も長崎に残っていたの」

「なに、オランダ人の若い衆がそんなものを描き残したとな。未だその絵描きになりたい若い衆は長崎の出島に滞在しておりましたか」

「江ノ浦屋の大旦那様、コウレルさんは十年以上も前に故国オランダに戻り、長崎や和国で見たものを油で練る異国の絵の具で描き残し、世に問うたそうなの」

「ほう、オランダで和国のあれこれが評判になったか」

「大旦那様、その前に告げておくことがあるわ。オランダは今から百五十年も前、国に勢いがあり、商いや学問や絵などすべてが盛んな時代があったそうね。そんな時代でいちばん名高いのがレンブラントという絵描きさん、そして、最前話したコウレルが崇《あが》める絵師がフェルメールなの。この絵描きさんは和国好きで着物を着たオランダ人の絵も描いているの。コウレルが尊敬するフェルメールのよく知られた絵に『真珠の耳飾りの少女』という作があるそうよ。コウレルは、江戸に出てきた折り、『真珠の耳飾りの少女』を模した絵を描いたの」

と言った桜子が木箱の蓋《ふた》を外して布で包んだ絵を取り出した。

「コウレルの描いた絵は、『花びらを纏った娘』と題してオランダでお披露目《ひろめ》されたはず」

桜子が静かに布を剥《は》いだ。

その場にいる江ノ浦屋彦左衛門、立秋老、お琴の三人が絵に見入った。その様子を桜子と小龍太が観察していた。

最初に顔に驚きの表情が浮かんだのはお琴だった。

「まさか、この絵は柳橋《やなぎばし》の神木三本桜だよね。ああー、この幼い娘は桜子じゃない、いや、桜ちゃんだわ」

と言い切り、残りのふたりがさらに絵に近付いて凝視した。

「おお、確かに幼い折りの桜子に似ておるな」

と彦左衛門が言い、

「表町《おもてちょう》の神木じゃな、紙垂《しで》が垂れた注連縄《しめなわ》が張られておる。この娘はなんぞ祈願したばかりかな」

と立秋老も言った。

「桜子、コウレルさんは三本桜がなにか承知していたの」

「お琴ちゃん、旅籠の長崎屋から御忍駕籠《おしのびかご》に乗って、乗り物のなかから偶さか御神木に祈るわたしを見たらしいのよ」

「そんなことがありましょうか」

と江ノ浦屋彦左衛門が呟いた。

桜子はその呟きに答えず、二枚目の絵を出して三人に見せた。

「おおー、柳橋の下の猪牙舟《ちょきぶね》の船頭は広吉《こうきち》さんではないか」

「親父さんの足元の娘は幼き日の桜子よね」

彦左衛門とお琴が言い合い、

「こんな絵をどこで見つけた」

と立秋老が最後に問うた。

「長崎のオランダ商館は出島と呼ばれる築島《つきしま》なの。その島にアトリエと呼ばれるコウレルの仕事場があった。年限が来て、長崎を離れる商館長や付き人は、長崎からバタビア（ジャカルタ）、オランダまで半年以上の航海をするの。長崎や江戸で得た土産《みやげ》などすべては船に載せられないの。コウレルさんは、長崎から江戸までの道中図もこの二枚の色絵、日記までもアトリエに残してオランダに帰国した。そして、数年前に出島にケンプエルという医師がやってきてこのコウレルの絵と日記を見つけたの。その日記にはスミダガワやカンダガワの名や江戸の町のことが記されていたの」

「なんて話なの」

「そんな折りによ、小龍太さんとわたしが江戸を離れて長崎に現れた。わたしが江戸から来たと知ったケンプエル医師があれこれと問い質し、最後に絵を見せてわたしがどんな顔をするかを見たというわけ」

「こんな話があると思う」

とお琴が言い、

「お琴、それがあるのだ」

と小龍太が言い切り、

「ケンプエル医師は、コウレルが絵師として二点の絵、『花びらを纏った少女』と『チョキ舟を漕ぐ父と娘』を油絵の具で仕上げて、必ずやオランダで披露《ひろう》したに相違ないと信じているのだ。だが、コウレルの絵が評判になったとは長崎に未だ伝わってきていなかった」

と言い添えた。

「わたしたち、長崎から異国交易に従い、なんと天竺《てんじく》の港町カルカッタまで行ってきたわ。その折り、オランダ商館がこの絵の話を承知していて、わたしたちにオランダまでコウレルの仕上げた絵を見にいかないかと誘ってくれたの。でも、わたしたちは長崎会所の交易帆船とともに長崎へと帰国する道を選んだのよ」

「その折り、コウレルの油絵の具で描かれた絵がオランダに残っていて、いまやフェルメールよりも評判を呼んでいるということを聞いたのだ。あちらでは絵とはそういうものらしい」

「わたしたちにはこの二枚の絵が長崎で待っていた。それでいいと思ったの」

桜子の言葉を最後にしばし五人は黙り込んだ。

いつの間にか大河内家の棒術道場から江ノ浦屋彦左衛門宛ての品々の包みは、奉公人たちによって屋根付きの荷船に運ばれて消えていた。残ったのはふたりのわずかな品だけだった。

「わが娘よ、これらの絵をどうするつもりかな」

と江ノ浦屋彦左衛門が桜子に質した。

「大旦那様、ご一統様、後日改めてご相談致しますので」

桜子のこの言葉を合図に、この日の再会の場はいったんお開きとなった。

二

その夜、桜子は大河内家の離れ屋に二枚の絵を運びこんで泊まった。その傍《かたわ》らに小龍太も床を敷きのべてもらい、同じ座敷に寝た。

「立秋様、私どもが早々に為《な》さねばならぬことはふたりの仮祝言《かりしゅうげん》にございますな。もはや異国暮らしでふたりが夫婦《めおと》同然であったことは言わずもがな、そう思いませぬかな」

と別れ際、五代目の江ノ浦屋彦左衛門が大河内家の隠居に言った。

「おお、まずはふたりが祝言を挙げるための段取りが先じゃな」

立秋が大河内家の隠居として応じた。そんなわけで初めて大河内家の離れ屋に桜子は小龍太とともに休んだ。

ふたりは天竺のカルカッタ以来、帆船に揺られ続けて過ごしてきた。久しぶりの江戸で、それも初めて大河内家の離れ屋に寝ることになった桜子は、並んで横たわった小龍太とともに江戸に戻ってきた緊張にとろとろと浅い眠りを繰り返した。

二刻半、異人たちのいう五時間ほど眠り、ふたりは道場に出た。

道場の隅にはふたりの着替えなどが入った包みとともに、長崎会所から異国交易での功績の礼として贈られた荷が置かれていた。

ちらりとその荷に視線をやった桜子が、

「あの二枚の絵を得るためにわたしたちの長崎行きが、この一年半があったのかしら」

と小龍太を見た。

「それはいささか違うな。江戸を離れざるをえなかったとはいえ、長崎から異国への旅はわれらに貴重な見聞をさせてくれた。われらふたりは結句、唯一無二の報酬を得たのではないかな、違うか」

江戸を出ておよそ一年が過ぎた頃、交易先で出会った長崎出島に向かうオランダ船に託し、長崎会所を通じて江戸の江ノ浦屋彦左衛門に、

「われらふたり江戸に戻ることに差しさわりはあるかなしか」

と問い合わせしていた。

長崎に戻ると彦左衛門から長崎会所にふたり宛ての書状が届いていた。

「もはや桜子が江戸に戻ってもなんら差し支《つか》えはなし。この一件について、公儀勘定《かんじょう》奉行石川左近将監忠房《いしかわさこんのしょうげんただふさ》様筆頭用人倉林宋左衛門《くらばやしそうざえもん》様と三河吉田《みかわよしだ》藩藩主にして老中松平伊豆守信明《まつだいらいずのかみのぶあきら》様ご用人猪端三郎兵衛《いのはたさぶろべえ》様ご両人の助勢もあって心配は消え申した」

とふたりは告げ知らされていた。だが、心配の仔細《しさい》とそれが消えた経緯《いきさつ》については一語も触れられていなかった。一年半前、江戸を追われた理由が知らされないまま、江戸での新たな暮らしを始めてよいのかどうか、ふたりの懸念は残っていた。

「桜子、われらの一年半がどうであったか、われらを生きて江戸に連れ戻してく

れた棒術の稽古をなそうではないか」

ふたりは朝の光が差し込む道場で六尺棒を構え合った。

「さあ、桜子」

「若先生、参ります」

と言うや、両人の六尺棒が道場の気を切り裂いて打ち合った。

いつもより遅く目覚めた道場主の大河内立秋が道場に足を踏み入れて、小龍太と桜子の打ち合いに身を竦《すく》ませた。まず立秋が感じたことは、

（香取流棒術とは全く異なる武術）

ということだ。

（ううーむ、これが今のふたりの棒術か）

大河内家が代々伝承してきた守りの棒術とは異なり、己の命を張って相手の命を絶つためのものではないか。異国交易が齎《もたら》したものか、攻めの棒術へと変化していた。両人の打ち合い、弾《はじ》き合いのなかに生死をかけた真剣勝負が窺《うかが》えた。

鎖国下のこの国ではすべてが形骸化していることを両人の六尺棒の殺気に満ちた立ち合い稽古が立秋に教えていた。

（先祖代々信奉してきた香取流棒術はなんであったか）

茫然自失《ぼうぜんじしつ》して両人の打ち合いを見ていた。

不意に両人が六尺棒を引いて打ち合いを止め、立秋を見た。

「爺様、われら、商いに没頭していたと思うか、一年半の成果はどうだ」

「小龍太、そなたらの棒術はもはや香取流棒術ではないわ」

「いかにも違う」

「ではなんだ」

「爺様、異国の厳しさが教えてくれたのだ、これは大河内小龍太流棒術じゃ」

「なんと異国が生み出した攻めの棒術か」

「生死の戦いのなかで桜子とそれがしが命懸けで会得した棒術よ。これはもはや香取流棒術ではあるまい」

「違う」

と叫んだ立秋が、

「そなたらの棒術はこの江戸では受け入れられまい」

と言い切った。

ふたりは予想以上の立秋の反応に驚きを禁じえなかった。

「爺様、江戸ではわれらの棒術は不要か。ふたたび異郷の地にさ迷えとわれらに言われるか」

なにか応じかけた立秋が、

「わしはそなたらに棒術を教えられぬ。前々から隠居と称してきたが本日ただ今から真の隠居じゃ。もはや道場には足を踏み入れぬ」

と宣告した。そして、

「そなたらの大河内小龍太流棒術は異端に過ぎぬ。そなたらの棒術がどのような運命《さだめ》を辿《たど》るか見る勇気はこの立秋にはない。この道場を好きに使うがよい」

と言い残した立秋が道場から姿を消した。

長い間、小龍太は祖父にして師匠だった立秋の言葉を吟味していたが、これほどの反発を受けるとは努々《ゆめゆめ》予測できなかった。

(それがしが跡継ぎになったということか)

いつの間にか朝稽古に来た門弟衆が立秋と小龍太との険しいやり取りを聞いていたが言葉を発する者はいなかった。

「桜子、体を動かさぬか」

「はい」

と短い言葉を掛け合った両人がふたたび六尺棒を構え合った。

次の瞬間、六尺棒が刃《やいば》か槍《やり》の本身《ほんみ》に変じたように攻め、躱《かわ》し、さらに突き、斬り込んでいった。最前の打ち合いより一段と険しいものになった。

道場に殺気が満ちて生と死のぎりぎりの一点で戦っていた。

そんな稽古を門弟のなかには五体を震わして凝視している者がいた。言葉もなくただ見詰めている者もいた。そして、ひとりふたりと道場から姿を消していった。

小龍太と桜子の稽古が終わったとき、道場にはだれひとり門弟は残っていなかった。縁側のお琴とヤゲンだけがふたりを見ていた。

「それがふたりの棒術なの」

「おお、小龍太流棒術よ」

「当分、門弟衆はいないと覚悟することね」

「われらの江戸での戦いは始まったばかりじゃ」

「若先生、香取流棒術大河内道場の跡継ぎはだれなの」

とお琴が念押しした。

「大河内立秋の跡継ぎはおらぬ」

「大河内小龍太ではないのね」

「それがしと桜子、異国を旅して武術への対し方が変わったかもしれぬ。となると香取流棒術大河内道場は継げぬか」

小龍太の返答を吟味していたお琴が、

「薬研堀の大河内家は直参旗本よ。その拝領屋敷の敷地に建つ道場で香取流棒術とは素人の私が見ても異なる武術、大河内小龍太流棒術の看板を掲げるつもりなの」

と厳しい言葉を返してきた。

「うむ」

「香取流棒術大河内道場の門弟衆は、大半が旗本や大名諸家の子弟でしょう。そこへ香取流棒術の正統の跡継ぎでもない小龍太さんが居座って、天と地以上に変わってしまった小龍太流棒術を教えるつもりなの」

「当座、門弟衆などあてにするなと言ったのはお琴、そなたではないか」

「いかにもそう言ったわ。若先生が香取流棒術を継がない以上、おふたりさん、この薬研堀の拝領屋敷の道場を使うことはできないという意よ」

「なんじゃと。それがし、部屋住みとはいえ道場の跡継ぎと言われて長年師範を務めてきた身だぞ」

「公儀が拝領屋敷の一角を道場にすることを許しているのはあくまで幕臣や大名諸家の子弟を教えるという名目があったからよ。大先生の跡継ぎでもない若先生はこの道場ではもはや何者でもないわ、門弟がいようといまいと教えられる道理がないの」

なにか抗《あらが》いかけた小龍太を桜子が制した。

「小龍太さん、お琴の、いえ、横山琴女の言葉が正しいわ。あくまで小龍太流棒術を名乗るのならば薬研堀の大河内道場は使ってはいけない。わたしたち、薬研堀ではなく、道場をほかで探すべきよ」

「それがし、そこまで考えもしなかった。われら、この大河内家に住んでもならぬか」

「たとえ許されたとしても、やはり遠慮すべきだわ」

と桜子が説《と》いた。

「うーむ」

と唸《うな》っていた小龍太が、

「さて、どこに引っ越すか」

「わたしの長屋は下柳原同朋町《しもやなぎはらどうぼうちょう》にまだあるはずよ。まずはあちらに引っ越すのね。

道場をどうするかは二の次よ」

「これから引っ越す」

とお琴が問うた。

「わたしたちの大事な荷は二枚の絵と江戸参府の素描だけよ。あとは長崎会所から頂戴した品があるきり。今からでも薬研堀を出て柳橋に移れるわ」

「相分かった」

小龍太と桜子が長崎を出て江戸に戻る折り、長崎会所の総町年寄高島東左衛門に呼ばれ、

「そなたらふたりの交易での助勢のお礼に差し上げましょう。小龍太どのも桜子さんもはや承知のように、この長崎を経て和国の刀剣が数多異国の地に売られていきますな。なかには異国に売るには惜《お》しい刀剣もいくつかありました。大河内小龍太どのと桜子さんに使ってほしい大刀と小さ刀《ちいがたな》一振《ひとふり》ずつを贈ります。江戸に戻られたら対面なされ」

刀剣二振が収まっている木箱に小龍太は視線をやった。そして、道場の見所の刀掛けに置かれた刃渡二尺五寸三分の相州伝《そうしゅうでん》無銘の豪剣へ視線を移した。

「異国の旅に伴った相州伝の大刀を爺様に返さざるを得ないな」

と呟く小龍太の口調には未練があった。

一年半の間、長崎や異国の地でふたりの命を守ってくれた刀だった。

「小龍太さん、江戸に戻ったら研《と》ぎに出すと言ってなかった」

と桜子が質した。

「長崎では研ぎをなす暇《いとま》はなかったでな。爺様に返すなら研ぎをかけたうえで返したい」

「ならば、研兼《とぎかね》の文吉従兄《ぶんきちにい》さんに願えば」

お琴が内藤新宿《ないとうしんじゅく》で代々研師と刀剣の鑑定家を務めてきた研兼の相良《さがら》文吉の、従兄《いとこ》の名を出した。すると、桜子が、

「江戸で研ぎを頼むなら相良文吉師しかいないわね」

と賛意を示し、小龍太が相分かった、と己に言い聞かせるように返答をした。

そして、

「桜子、付き合え。爺様と父上に断わりを述べて薬研堀の屋敷を出ようではないか」

相州伝の刀を手にした小龍太が桜子を誘い、大河内家の母屋《おもや》に向かった。

小龍太と桜子と大河内一家の話は一刻半（三時間）にも及んだ。

その間にお琴は船宿さがみを訪れて、ふたりの江戸帰着を知らせるとともに、さくら長屋の桜子の住まいがそのまま残っていることを確かめていた。

離れ屋に木箱を抱えて戻ってきたふたりは厳しい顔をしていた。そして、小龍太の手には相州伝無銘の豪剣はなかった。

「大先生とお身内はふたりのこれからをお許しになったの」

とお琴が声をかけた。

「この一年半の江戸不在はわれらふたりが考える以上に大きかった」

「それで、さくら長屋には引っ越すの、引っ越さないの」

「お琴、引っ越すわ」

「だったら船着場に猪牙舟を待たせているわ」

とお琴が言い、刀はどうしたかという風に素手の小龍太を見た。

「爺様は、それがしに携《たずさ》えた刀をまず見せよと言うてな、その場で鞘《さや》を払って長いこと刀を見ていたが、最後に大きな呻《うめ》き声を漏らしてこう言ったのだ」

「小龍太、そなたらの棒術が変わるのも致し方なし。この刀を見よ、戦場往来の刃ではないか。刃にいくつもの命と血が染みついておるわ。ただ今の和国ではかような殺伐《さつばつ》とした刀は見られまい。倅《せがれ》よ、見てみぬか」

と大河内家の当代、御同朋頭《ごどうぼうがしら》を務める大河内朔之丞《さくのじよう》に差し出した。朔之丞は差し出された刀をいささか恐ろしげに受け取ると、

「ううーむ、なんという刀か」

とこちらも漏らした。すると、立秋が己の心に言い聞かせるように告げた。

「小龍太、この刀、研ぎは要《い》らぬ。わしの刀簞笥《かたなだんす》にこのまま戻す。そなたらの厳しい旅に思いを致す縁《よすが》としてな」

「と爺様に取り上げられたのだ」

小龍太の報告を聞いたお琴が、

「猪牙舟にすべての荷を積み込むわよ」

と道場の隅の風呂敷包みや箱を見て、最後に二枚の絵と素描の束が入った木箱に目をやった。

はっ、と桜子が動こうとしたとき、小龍太が、

「それがしに持たせてくれ」

と願い、木箱を大事そうに両手に抱えた

三人は手分けして荷を持ち、ヤゲンに見送られて大河内家の門を出た。そのとき、小龍太が、

（しばらくはこの屋敷に戻ってくることもあるまいな）

と思いながら薬研堀に視線を移すと、船着場に舫《もや》われた猪牙舟を桜子が懐かしげに見ていた。船頭はなんとヒデだった。

「桜子さんよ、留守の間、親方に命じられておれがおまえさんの猪牙の面倒を見ていたのさ。それもここまでだ。本日ただ今から親父さん以来の猪牙舟はおまえさんにお返しするぜ」

と手にしていた竹棹《たけざお》を桜子の荷と交換した。

「ヒデさん、ありがとう。大事に使ってくれたことがひと目で分かったわ」

「ほれ、艫《とも》の北町《きたまち》奉行小田《お だ》切直年《ぎりなおとし》様の鑑札《かんさつ》も最前お琴さんに桜子さんが江戸に戻ったと聞いてよ、戻しておいた」

船頭の仕事場、艫から胴の間に移るヒデを見た桜子が小龍太を振り返り、

「小龍太さん、わたし、棒術道場を開くために、女船頭に戻って稼ぎに出るわ」

と言うと船着場から馴《な》染《じ》みの猪牙舟にぽんと軽やかに飛び乗った。続いてお琴が、最後に絵の箱を大事そうに抱えた小龍太が乗り込んだ。

ヒデが舫い綱を外し、久しぶりに艫に立った桜子が竹棹を使って船着場を突くと薬研堀に出ていった。

竹棹を櫓《ろ》に替えた。

三つの折りから乗っていた父親譲りの猪牙舟と一年半も離れていたのは初めてのことだった。だが、櫓は桜子の掌にしっかりと収まってすぐに馴染んだ。

猪牙舟は静かに舳先《へさき》を難波橋に向けられた。

「やっぱりこの猪牙はよ、桜子さんの分身なんだよ」

「そう、このお父つぁん譲りの猪牙舟と大河内道場で学んだ棒術は、わたしが生涯ともにする大事なふたつよ。改めてヒデさんにありがとうと言わせて」

と礼を述べると、

「おりゃな、船宿さがみの新米船頭よ。親方が桜子さんにこの猪牙を返してこい、そしたら、新たな猪牙舟を預けると言ってくだすったのさ」

「あら、わたしとヒデさんは同輩なのね」

「おお、桜子さんはおれの姉《あね》さん船頭よ。よろしく頼みますぜ」

と言い合った。猪牙舟は難波橋を潜って大川へと出ようとしていた。

小龍太がちらりと眼差《まなざ》しをひと晩だけ泊まった大河内家に向けて、なにか呟くのを桜子は櫓をゆったりと漕ぎながら見ていた。

「桜子さんよ、おめえさん方、一年半もどこをふらふらしていたんだい。柳橋界隈でよ、肥前長崎に行ったなんて噂《うわさ》が流れたこともあらあ。いや、異国を旅しているなんて途方もないほら話をする船頭もいたぜ。異国たあ、どんなところだよ、小龍太さんよ」

「ヒデさん、確かに長崎にはしばらく逗留してな、異国の帆船も見かけはしたがね、われらが勝手に近づけるわけもない。まして異国がどんなところかなど知らないぞ」

「だよな。おりゃ、弁才船《べざいせん》の荷下ろしをやっていたからよ、長崎がよ、江戸から上方《かみがた》を経てよ、瀬戸《せと》の内海を抜けてよ、何十日もかかる船旅とは承知だ。やはり長崎は遠かったか」

「おお、海上何百里もあるからな、往路だけでも大変な日にちがかかったな」

小龍太は神奈川湊《かながわみなと》沖から上海丸に乗り込んで長崎までの航海がわずか十日余りで済んだことを告げないように惚《とぼ》けてみせた。

「そうか、ふたりはやはり長崎にいたのか。異人さんは見たか」

「おお、出島というオランダ人の商館を長崎の町から眺めたが、驚いたことに異人たちは牛や山羊や見たこともないような奇妙な鳥たちといっしょに暮らしていたぞ」

「こんどよ、女房のかよにさ、ゆっくりと長崎の話を聞かせてやってくんな」

とヒデが言ったとき、桜子の漕ぐ猪牙舟は大川から神田川《かんだがわ》の合流部に差し掛かり、柳橋の下へと舳先を突っ込ませていた。

三

船宿さがみに小龍太と桜子が顔出しすると、

「おお、戻ってきたか」

「しばらくぶりね、ふたりはもはや柳橋に戻ってこないのかと思っていたよ」

親方の猪之助《いのすけ》と女将《おかみ》の小春《こはる》が言いながら迎えてくれた。

「親方、おかみさん、黙って江戸を離れて申し訳ございませんでした」

と桜子が詫《わ》び、小龍太とともに頭を下げた。すると親方が、

「事情は江ノ浦屋の大旦那から大雑把《おおざっぱ》には聞かされていらあ。理不尽な一件はどうやら片付いたらしいじゃねえか。嫌なことは忘れねえ。ふたりに責《せ》めはねえ

や」

と江戸っ子らしくさっぱりとした口調で言い切った。

「親方、おかみさん、わたし、船頭として働かせてもらってようございますか」

「桜子、むろんですよ。広吉さんが存命の頃からうちの女船頭はおまえさんひとりだ、一からやり直しなされ。ねえ、親方、それでようござんすね」

と小春が猪之助に許しを求め、

「おお、そのためにさくら長屋の部屋もとってあらあ」

と親方が言い添えた。

「ならば今からわたしたちふたり、さくら長屋に引っ越してようございますか」

「部屋は長屋の住人たちに時折り風を入れて掃除をさせてあるから今晩からでも住めるよ。夕ご飯はこちらに戻っておいでな」

との小春の言葉にふたりはヒデにも手伝ってもらい、長崎にて頂戴した荷物を分散して持ち、さくら長屋に向かった。だが、二枚の絵と数多の素描が入った箱は船宿に預かってもらった。長屋よりも船宿さがみが安全だし、桜子にはある考えがあったからだ。

そんなふたりを見送りながら、小春が、

「おまえさん、ふたりの祝言はどうしたもんだろうね」

「もう桜子は娘じゃねえや、ふたりは夫婦同然だ」

「だからこのままでいいというのかえ。一日も早く夫婦として正式に披露できればいいんだがね、おまえさん」

と猪之助と言い合った。

さくら長屋に向かう途中、桜子は表町の神木三本桜の前で足を止め、手にしていた荷を根元に下ろすと、神田明神の御札《おふだ》と注連縄が張られた三本桜の前に立ち、しばらく老桜と無言で向き合った。

長い時が流れ、桜子の瞼が潤んだ。

桜子は改めて拝礼すると真ん中の老桜の幹に額をつけて合掌した。

(三本桜様、わたしどもふたり、無事に柳橋に戻ってきました。どうか今後ともに小龍太さんとわたし、両人の暮らしをお守りくださいまし)

と祈願した。すると、

(嫌なことは忘れなされ、楽しかった旅の思い出を江戸で活《い》かしなされ)

と胸のなかに老桜の無音の声が響いた。

桜子は老桜から体を離すと、

「帰ってきたのよ、小龍太さん」

「いかにも江戸に戻ってきたな。永《なが》の旅であったわ」

と桜子の背後でやはり拝礼していた小龍太が応じた。

「明日からは柳橋での新しい暮らしが始まるわ」

「ああ、ふたりの暮らしが始まるな」

と言い合うふたりにヒデが、

「おい、ご両人、長屋の住人が迎えに出ているぜ」

と告げた。

ふたりが三本桜からさくら長屋の木戸に向かうと大勢の住人が、

「帰ってきたよ、桜ちゃんがさ」

「おお、棒術の若先生を連れてさくら長屋に戻ってきたか」

などと言い合うなかにヒデの女房のかよもいた。

「皆さん、勝手に留守をして申し訳ありませんでした。またさくら長屋に住まわせてくださいな」

と桜子が願った。

「ああ、桜子のせいじゃないよ、親方に聞かされたが事情があって江戸を離れていたんだろ。ここには広吉さんの位牌《いはい》もあらあ、あんたが帰ってくるのはこのさくら長屋だよ」

と広吉の同輩船頭でいまはさがみの船頭頭《がしら》を務める弥助《やすけ》が一同を代表していった。

「おふたりさんよ、荷物は長屋に入れておいたぜ」

とヒデが言い、

「ヒデさん、ありがとう。わたし、お父つぁんの位牌にお線香をあげるわ」

と一同に礼をして久しぶりの長屋に入った。すると早くも行灯に灯りが入り、久しぶりに見る部屋がふたりを迎えてくれた。

桜子と小龍太は仏壇の前に座して蠟燭《ろうそく》に火を点《とも》し、線香を手向《たむ》けて合掌した。

(お父つぁん、わたし、娘の桜子、帰ってきたわ。留守をしてくれてありがとう)

(ああ、棒術の若先生といっしょに暮らすか)

(いけない)

(いけねえもなにもあるもんか。いっしょに旅をしてきたんだろ)

(そうよ。明日から旅の話は折り折りにしてあげるわね、お父つぁん)

（おれの代わりに若先生が桜子を守ってくれるな）

という無音の言葉を最後に広吉の気配が消えた。

桜子が振り向くと長崎の荷のひとつ、刀箱から小龍太が蠟色塗打刀拵《ろいろぬりうちがたなごしら》えを出し、刀を改めることもなく腰に手挟《たばさ》んでいた。長崎会所が異国に出すことなく保存していた一剣だ。

小龍太にふさわしいと高島東左衛門が考えた刀だった。鞘から抜いたとて自分には鑑定などできまいと小龍太は考えた。それこそ研師にして刀剣鑑定家の相良文吉の出番と思った。

「桜子、そなたの小さ刀はどうするな」

「わたし、今宵《こよい》はいいわ。お父つぁんの傍らに護り刀として置いておく」

と仏壇の蠟燭と行灯の灯りを消して長屋を出た。女船頭の暮らしに小さ刀は無用と思ったのだ。

「さがみに戻るかえ。長屋はおれとかよが留守番していらぁ」

とヒデが言った。

頷いた桜子はかよに、

「かよさん、お世話になりましたね。明日から少しずつお返しします」

と礼を述べた。

船宿さがみにはふたりが昨日、長崎からの荷を渡した相手、江ノ浦屋彦左衛門の姿があった。

「おふたりに礼を申そうと薬研堀の道場に伺ったのですよ。そしたら、ふたりは大河内家を出てこちらに引っ越したとご隠居から聞かされましてな」

と訝《いぶか》しげに説明した。

「はい、大旦那様、小龍太さんとわたしのふたり、さくら長屋に住まいすることになりました」

と応じた桜子に、

「香取流棒術道場の跡継ぎは小龍太様と、祖父の立秋様はそなたらが江戸を不在にしていた最中も楽しみにしてこられたのじゃがな」

「はい、祖父の願いをそれがし、重々承知しておりました。されどそれがしの棒術は祖父の想像を超えて変わってしまったようで、遠回しながらもはや薬研堀の道場は継がせないと祖父に告げられました」

「一年半の旅がそなたのなにを変えましたな」

「それがしの考え方、つまりは棒術を変えたようです」

「私は商人ですから武術家とは考え方が違いましょう。立秋老と孫のそなた、両人の考えが今ひとつ飲み込めませんでな。小龍太様の気性が変わったということでしょうか」

しばし小龍太が彦左衛門の問いを沈思《ちんし》し、

「二百年も前に戦場往来の時代は終わりました。薬研堀の大河内家が教えてきた香取流棒術は公儀が治める泰平の世においては己や身内や大切な人を守るための武術でした。それに反してそれがしが異国で突き付けられたのは殺すか殺されるか、生死を賭けた武術でござった。われら、長崎での薩摩《さつま》藩家臣らの襲撃に始まり、異国への交易の旅に同行して海賊どもとの修羅場《しゅらば》を幾たびか潜らざるを得ませんでした。長崎の交易商人たちは、江戸の公儀の御番衆《ごばんしゅう》や大名諸家の番方《ばんかた》よりも命を賭けており申す。それがしと桜子、かような一年半を過ごしてきました。祖父にもかような仕儀は理解できないかと存じます」

「小龍太様、立秋様の香取流棒術は守りの武術、おふたりが強《し》いられてきた武術は生きるか死ぬかの攻めの武術と申されますか」

「江ノ浦屋の大旦那どのにはご理解頂けたようだ、いかにもさようです」

「うーむ」

と唸った彦左衛門が、

「私がなんとのう分かるのは、交易を通じて長崎会所の総町年寄高島家と付き合いがあるからでしょう。和国三百諸侯あれど、異国と付き合いのある天領長崎は格別な土地です。かような長崎とさらには異国の交易の旅にまで同行したふたりが、考え方を変えざるを得なかったこと、なんとか察することができまする」

と言い、

「ですが、薬研堀のご隠居、そなたの祖父上に理解させることは無理でしょうな」

「直《す》ぐには無理でしょう。お互いが理解し合うには歳月がかかるかと存じます」

「桜子は女船頭を一からやり直すとさがみの親方に聞きました。大河内小龍太様は、どこぞに大河内小龍太流の棒術道場を開かれますかな。ならば、なにがしかの手伝いはできましょう。こたび、長崎からおふたりが運んでこられた荷物はそれなりの品々でございましてな、お返ししませぬとな」

と彦左衛門が言い添えた。

桜子が小龍太を見た。

小龍太は薬研堀の屋敷を出ざるを得なくなった成り行きにいくらか衝撃を受けているのだと桜子は感じていた。

「江ノ浦屋の大旦那どの、それがし、棒術道場を開き、弟子に教授することをもはや考えておりませぬ。棒術であれ、剣術であれ、武芸を尊ぶ時代はすでに終わったのではないかと、漠然とですが長崎以来考えて参りました。いえ、とくと思案することも大事とは思います。『時は金なり』と申す異国交易の一端を見たそれがし、交易のなかでそれがしが修行してきた棒術や剣術を活かす道はないかと考えております」

と漏らした小龍太が桜子を見た。

「いいわ、小龍太さん、わたしが船頭の稼ぎで食べさせてあげる。このことは『時は金なり』にはあたらないわ、得心がいくまで考えることが大事よ」

と桜子が冗談を交えて言い切った。

彦左衛門が頷いた。すると船宿さがみの女将の小春が、

「このふたりがまずすべきことは、すでに所帯を持ったことを明日にも江戸でお披露目することよ」

と言い、

「家を飛び出したものの未だ思案のつかぬ一介《いっかい》の武術家と女船頭の祝言でござる。内々ということで宜《よろ》しゅうござろうか」

と小龍太が応じた。

「内々ですか。いくらこちらが内々と言っても世間が許しますかな。桜子の父親代わりは魚河岸《うおがし》を仕切っておられる江ノ浦屋五代目彦左衛門様ですぞ」

と猪之助が言い出した。

「なんぞご両人に考えがあるのではございませんかな」

と彦左衛門がふたりに聞いた。

桜子と小龍太は顔を見合わせた。そして、小龍太が、

「われらの祝言の前にご一統様に披露すべきものがあるのだ」

「そうね、この場であのことを相談するのがいいわね」

と言い合い、

「おお、あの二枚の絵のことですな」

と彦左衛門が応じた。

「なんですね、二枚の絵とは」

と小春が聞き、船宿さがみの帳場に預けてあった木箱を小龍太が取ってきた。

「親方、おかみさん、まずはこの絵を見てくださいまし」

と桜子が箱から布に包まれた額装の水彩画を出した。

「おれは船宿の主《あるじ》だぜ。絵の良《あ》し悪しなど分かりゃしねえよ」

と猪之助が推量して呟いた。

「親方、この絵にはなんの鑑定も要りませんよ」

と言いながら桜子が布を剝いだ。

「えっ、なにこれ」

と船宿の女将が漏らし、

「おい、小春、この絵は柳橋表町の神木三本桜と違うか」

「ああ、幼い娘は桜子だよ、おまえさん」

とさがみの夫婦が言い合った。

「桜子、おまえにこんな絵心があったのか」

と親方が桜子に問うた。

「親方はこの絵をわたしが描いたというの。そんな才、わたしにはないわ」

「だったらどういうことだ」

「この絵は今からおよそ十六年前、日本橋本石町《にほんばしほんごくちょう》のオランダ旅籠の長崎屋源右衛《げんえ》門《もん》方に江戸参府で投宿していたオランダ人アルヘルトス・コウレルという人が描いたの」

と前置きした桜子が絵描き志望のコウレルが柳橋の神木三本桜で三歳の桜子に目を留めて御忍駕籠のなかから描いたことから、長崎の出島に戻ったコウレルが単彩の素描画を参考にして水彩画に仕上げたこと、さらにはコウレルが故国オランダに帰国したあとも、この絵が出島の画房《アトリエ》に残されていたこと、それを数年後、ケンプエル医師が見つけたことなどを事細かにさがみの夫婦に話した。

「桜子、おまえは描かれたことを覚えてないの」

「おかみさん、この界隈で異人と出会ったことなどありません。最前言いましたようにコウレルさんは御忍駕籠のなかから、そっと三歳のわたしを描いたらしいのです」

「そんな異人さんの絵と桜子がいったいどうやって出会ったというんだ」

「親方、わたしと小龍太さんは長崎会所の交易帆船に乗って長崎に辿りついたの。そして長崎人の口利《くちき》きで知り合ったケンプエル医師がわたしの出自を知って、あれこれと問い質した末に絵の娘が、目の前にいるひょろっぺ桜子だと分かったのよ」

「なんてこった、そんなことがあるのか」

と親方が首を振り、桜子が二枚目の絵をさがみの主夫婦に見せた。

「おれには分かるぞ。柳橋の下で桜子の親父の広吉が櫓を握り、その足元であどけない桜子が遊んでいやがる。この絵は桜子を直《じか》に見た者でなければ描けねえや」

「三つの桜子と長崎帰りの娘がこうして江戸の船宿で会っているなんてねえ」

と親方と女将が口々に驚きを表明した。

「さあて、桜子、小龍太様よ、この二枚の絵をどうしようというのですかな」

と彦左衛門が本題に戻した。

「桜子、そなたが話しなされ」

「でも、わたしたちの考え、全く異なっているかもしれないわよ」

「いや、われら、この一件について一言も話し合ってはおらぬが想いはいっしょじゃ。間違いない」

と小龍太が言い切った。

頷いた桜子が、

「わたしどもの祝言の場にこの絵を飾ったらどうかしら、ひょろっぺ桜子の三つの折りと亡くなったお父つぁんとわたしの来し方がすべてこの二枚の絵に描かれていると思わない」

「そうか、ふたりの祝言と二枚の絵の披露をいっしょにというわけか。となると場所は、この船宿さがみ以外にないな」

と猪之助が破顔した。

「これは内々の披露では終わりませんよ。評判の女船頭ひょろっぺ桜子の祝言にぴったりの企《くわだ》てですよ」

と熱を入れて言い切った小春が、

「いくらなんでもふたりの祝言と絵のお披露目、明日というわけにはいきませんよね」

と言い添え、

「そうだ、みんなして夕餉《ゆうげ》がまだでしたね。前祝いの酒を酌《さ》み交わしながらこのふたりのこれからを相談致しませぬか」

と我に返ったように言うと、手ぐすね引いていたらしい女衆《おんなし》が膳を運んできた。

四

二枚の絵を船宿さがみの親方夫妻に見せたあと、一統は夕餉を摂《と》った。その場でオランダ商館長一行の江戸参府の素描画を小龍太と桜子が何枚か親方夫婦に広げて披露した。

「おまえさんたちは長崎に絵を購《あがな》いに行ったのかい」

猪之助親方が冗談口調で改めて問うた。

「親方、おかみさん、桜子を描いた『花びらを纏った娘』と『チョキ舟を漕ぐ父と娘』の二枚の絵のほかにこの江戸参府の道中を描いた絵が山ほどあるのだ。われら、オランダ人の住み暮らす出島で最初にこの素描画なる道中図を見せられてな」

と小龍太がその素描画について事細かに説明した。

「オランダ商館長一行の江戸参府の模様なんてものも、桜子と広吉親子を描いたと同じ絵師が描いたと言いなさるか」

「オランダ人にとって長崎から江戸までの参府の旅は長崎での交易を続けるため

の務めであると同時に楽しみでもあったのでしょう。かような素描画が無数にあるのは長崎の異人たちにとっても珍しいことのようで、これらのコウレルさんの仕事にいたく感服したケンプエル医師は、額に入れた二枚の色絵の左右の壁に、数多の江戸参府の道中の景色を貼ってわたしたちに見せてくれました。小龍太さんもわたしも壮観な江戸参府の素描に驚かされました」

と桜子が言った。

「そうか、若いオランダ人はなかなかの仕事をしたんだな」

「親方、異人の眼で見て描かれた和国の風景や暮らし、珍重されると思わぬか」

と小龍太が言い添えた。

「ご一統様、この数々の絵を披露する仕度だけでもそれなりの日にちがかかりますよ。となるとふたりの祝言がどんどん延びちまいますが、それでようございますこと」

と小春が最前いったん決まったふたりの祝言と絵の同時披露について、また疑問を持ち出した。

「そこだ、おかみさん」

と応じたのは夕餉の後の宴になって酒を時折り口に含んでは黙然と思案してい

た体の江ノ浦屋五代目彦左衛門だ。

「この絵ですがね、餅《もち》は餅屋というじゃないか。絵に描かれた桜子や私ども素人が見せ方をうんぬんするより絵師に任せたらどうでしょう」

「江ノ浦屋の大旦那にだれぞ絵師の心当たりがありますかえ」

「親方、錦絵《にしきえ》の大家東洲斎写楽《とうしゆうさいしやらく》の弟子という男にね、いささか付き合いがあって銭をいくらか貸してもある。というのも売れっ子の写楽師匠と違いましてな、この者が描くのは役者や相撲《すもう》取りじゃないのです。江戸の名所旧跡やら、長屋の暮らしなんぞばかり描いておりましてね、いささか毛色の変わった絵師なんですが、この北洲斎霊峰《ほくしゆうさいれいほう》ってのに一枚嚙《か》ませたらどうでしょう」

「北洲斎霊峰絵師ね、コウレルの絵を見てなんというかね」

と親方が彦左衛門に応じて、

「どうだ、桜子」

「わたしは構いません」

と桜子が返答した。

「ならば明日にもそいつと会ってみますよ。桜子と小龍太様は自分たちの暮らしをどう立てるか、しばらくはそちらに専念されることですな」

と彦左衛門が言った。

「親方、わたしは猪牙舟の女船頭を一からやり直します」

と改めて願い、猪之助に頭を下げた。

「小龍太様は棒術を教えないとなると差し当たって仕事はなしですか」

彦左衛門が問うた。

「桜子の猪牙の手伝いは要りませんかな」

「三歳の愛らしい桜子とは違いますぜ、大男の侍が猪牙舟の助《すけ》船頭なんて邪魔になるだけですな」

と親方が小龍太の冗談とも本気ともつかぬ願いをあっさりと拒んだ。

「どうですね、明日、私と北洲斎霊峰に会う折りに同行しませんかえ。この二枚の絵や素描について私が説明するよりも小龍太様のほうが詳しいですからね」

「それがし、どのようなことでも致す」

ほっとした体の小龍太が彦左衛門に応じた。

さがみでの宴が終わり、ふたりはさくら長屋に戻ってきた。さくら長屋の隣りの部屋に住むヒデとかよ夫婦もほかの住人もすでに寝込んでいる。

ヒデが灯《とも》してくれていたのか、小龍太が有明《ありあけ》行灯の灯心を掻《か》き立てて、明かりを強めた。その火を別の行灯に移すと、桜子の部屋のなかがよく見えるようになった。畳の間の奥に長崎から持ってきたふたりの荷が見えた。

「長い一日だったわね」

「その代わり、長崎から乗ってきた肥前丸の、体の揺れは消えたとは思わぬか」

「ああ、そうね、確かに収まっているわね」

と応じた桜子が、

「明日から、わたしたち、棒術の稽古はどこでなすの」

「当座長屋の庭を借りて稽古をしようと思う」

「わたしも朝の間ならば付き合える」

「明日からわれらふたり、江戸での暮らしの出直しじゃな」

と言った小龍太が大刀を枕元に置こうとして考えを変えた風に行灯の前で片膝《かたひざ》を突き、初めて鞘を払って、灯りに翳《かざ》した。

一見して豪壮な鍛造だ。

小龍太が十五、六歳の折り、大師匠の爺様に連れられて室町《むろまち》界隈の老舗《しにせ》刀剣商を訪ねたことがあった。その折り、店の主《あるじ》が、

「この刀工の作は実戦に用いられることが多くほとんど残っておりません。おそ

らく江戸じゅうを探してひと口あるかどうか」

と自慢げに見せてくれた一剣のことを小龍太はおぼろげに記憶していた。

改めて刃渡二尺四寸二分と思《おぼ》しき刃に小龍太は見入って、あの折りの刀剣商の店主と祖父の問答を思い出した。ふた口の刀を今、小龍太は重ね合わせていた。

だが、

「江戸の初めの鍛造の一剣かな、長崎会所の総町年寄高島東左衛門どのが異国行の交易帆船に載せたくなかった曰《いわ》くをそれがし、なんとなく察せられた」

とだけ桜子に説いた。

「わたし、刀のことは全く知らないもの。だけど、小龍太さんに相応《ふさわ》しい刀と思えるわ」

という桜子の言葉に小龍太は頷いた。

「江戸に戻ってから対面せよ、と総町年寄高島東左衛門様が申されたが、これほどの刀を頂戴しようとは夢想もしていなかった。落ち着いた折りに東左衛門様と杏奈のご両人に礼状を書こう」

と言った小龍太は改めて頑健にして威力に満ちた刃を眺め入った。そして、この刀、刀剣好きの祖父立秋にはしばらく見せられないなと思った。ただ今の平穏

無事な政が続く江戸では異色の一剣と思えたからだ。その代わり、

「近々相良文吉どのにお目にかけよう」

と小龍太は言い、静かに鞘に納めた。

この一刀がなぜか小龍太のざわついた気持ちも落ち着けてくれた。

刻限は四つ半（午後十一時）過ぎか。

「休もうか」

「久しぶりにさくら長屋で寝るわね。どんな夢を見るかな」

桜子は寝間着に替えていたが、小龍太は着流しの形《なり》で寝床に入り、両眼を瞑《つぶ》ったときには眠りに落ちていた。


二刻半（五時間）ほど熟睡した両人は薬研堀の大河内道場から唯一持ち出した六尺棒を構え合って、さくら長屋の庭で打ち合い稽古を始めた。

どれほど稽古の時が経過したか。

「小龍太さん、桜子さんよ、どうだ、一番風呂に行かぬか」

とのヒデの声にふたりは六尺棒を引き合った。

「若いってのはいいもんだね。朝から六尺棒を振り回しておいでだよ、湯屋より

腹が減らないか。そんなに体を動かしてさ」

と長屋の女衆のひとりが言った。

「昨夜、遅い刻限にさがみで夕餉を馳走《ちそう》になったでな、稽古をしてようやく腹がこなれたところだ。ヒデさんの誘いの湯屋がいいな」

「そうかいそうかい」

と船宿さがみの古手の船頭弥助が応じて、

「桜子は今日から娘船頭に戻るって」

「はい。さがみに出戻りです。弥助さん、ご一統様、よろしくお付き合いくださいまし」

と桜子が改めて願った。

「あいよ、さがみの看板娘が戻ってきたね」

と別の女衆が返答をした。

「もう桜ちゃんは娘船頭じゃないやね。江戸を離れている間にさ、ふたりは所帯を持ったんじゃないか。となると嬶《かかあ》船頭じゃ、色気がないね、呼び名は女船頭かね」

「そうか、女船頭さんか。待ってよ、おまえさん方、もう盃事《さかずきごと》は済ませたんだろうね」

と女衆があれこれと桜子に問い質した。それだけ江戸を一年半も不在にしていた桜子の変わりようが気にかかったのだろう。

「いえ、旅の間は気忙《きぜわ》しくてそのような暇などありませんでした」

と桜子が女衆に答えると、

「なにっ、まだなのかい。となればさ、柳橋界隈で早く祝言をしたほうがよかないか」

「ただ今、さがみの親方やおかみさんが日取りを決めてくださっています」

「それはなにより。じゃあ、汗を流しに湯屋に行ってきな」

と女衆は好奇心を満たしたか、桜子は質問から解放された。そこで長屋に戻り、持ち帰った荷のなかから着替えを出してきて、

「小龍太さん、はい、湯銭」

と着替えとともに渡した。

ヒデとかよ夫婦といっしょに桜子にとって馴染みの吉川町《よしかわちょう》の表之湯《おもてのゆ》に向かった。

「江戸に戻ってきた早々に祝言だ盃事だって、おふたりさん、大変だな。おれたち、くっつき合いだからよ、祝言などなしだ」

「ならば、われらといっしょに祝言を挙げるか」

とまさか江戸に戻るなり、祝言を為すなど考えてもいなかった小龍太がヒデを誘った。

「冗談じゃねえ、おれたち夫婦はよ、金のかかることはしねえことに決めてんだ」

とヒデが言い、

「あたしゃ、花嫁衣裳《いしょう》を着たっていいけどね」

とかよが言い出した。

「いいか、かよ、桜子さんは幼いころから柳橋界隈の人気娘、それに小龍太さんは薬研堀の棒術道場の跡継ぎ、川向こうからこっちに成り行きで移ってきたおれたちとは立場が違うんだよ。おれたちはよ、ふたりの祝言の手伝いに精を出すさ」

とヒデが言い切ったとき、表之湯の前に来ていた。

桜子がかよを伴い、

「おばさん、久しぶり」

と番台に声をかけた。

「おや、桜ちゃんかえ。江戸を長いこと留守にしていたじゃないかえ」

湯屋のかみさんが桜子を幼い折りの名で呼んだ。

「そうなの、一年半ぶりに柳橋に戻ってきたわ」

「客がさ、あんたのことをいろいろと噂《うわさ》していたよ。なんでも西国の長崎に行ったとかさ、なかには唐《とう》天竺をうろついているとかさ、好き勝手言い放題だったよ。なんたって、桜ちゃんはこの界隈の人気者だからね」

「ありがとう、そう言ってくれて。でも、湯屋のお馴染みさんはよく知っているわね。唐天竺を旅していたのはほんとうの話よ」

「ま、まさか」

「おばさん、お客の噂にほら話でお返ししたのよ」

「なんだい、冗談かえ」

と言った番台の主が、

「よし、桜ちゃん、本日湯代はただだよ。さっさと入りな」

「えっ、これも冗談のお返し」

「桜ちゃんとはもう呼べないね、なんとなく色気がひょろっぺ桜に漂っているよ。さっさとお入り、かよさんも今日は湯代なしよ」

「やった」

とかよが叫び、

「おい、おかみさん、おれたちも無料だよな」

「男たちはちゃんと湯代を払うの。それが男の心意気だよ」

「おれ、心意気より湯銭、ただがいいや」

と言いながらヒデと小龍太が湯銭を払い、脱衣場に上がった。

「小龍太さんよ、やっぱり江戸はいいかえ、長崎や異国よりさ」

と湯船に浸《つ》かったヒデがやはり小龍太と桜子が異郷を旅したことに関心があるのか低声で質した。昨日、薬研堀から柳橋への猪牙舟のなかでもヒデはこのことを持ち出していた。

朝湯の湯船にはこの界隈の隠居が三人ほど入っていたが、孫の自慢話で盛り上がっていた。

「それがし、異国は知らぬと昨日答えたな」

「男同士でも話せねえか」

「ヒデさん、男も女も区別なしだ。異国など金輪際《こんりんざい》知らぬ。ともあれ、江戸の柳橋に戻ってきてほっとした。それだけだ」

と遠回しに異国の話題は二度と持ち出すなよと念じながら答えた。

「小龍太さんにとっては柳橋というより薬研堀の棒術道場じゃないんですかい」

「まあ、そうだがな。このこともそなた、承知じゃな。それがし、薬研堀を出てこの柳橋界隈で暮らすことになった」

「小龍太さんよ、住めば都というよな。おれたちも川向こうの本所のぼろ長屋かから大川を渡って柳橋に移ってきて、船宿さがみに拾われた。川向こうの本所《ほんじょ》のぼろ長屋あちらに住んでいる折りは、松坂町《まつざかちょう》のぼろ長屋が住みやすいと思ってきたがよ、ありゃ、貧乏暮らしそのものだったたな。柳橋に住まいしてみて極楽はこんなとこだと思ったぜ」

「それがしも、いずれ慣れるというのか」

「ああ、間違いないですぜ。なんたって桜子さんといっしょの暮らしだもの」

とヒデが言い、両手に湯を掬《すく》い、ごしごしと顔を洗った。

朝の光に新湯がきらきらと輝く女風呂の客は、桜子とかよの、ふたりだけだった。

「桜子さん、聞いていい」

「なにを聞きたいの。答えられることは答えるわよ」

「一年半もの間、飲み食いに困らなかったの」

「わたしたち、江ノ浦屋の大旦那様の口利きで肥前長崎の船に乗せてもらったの。三度三度の食事に困らないどころか、立派な船室に泊めてもらってまるで分限者《ぶげんしゃ》になった気分よ。長崎までの船賃も払ってないわ」

「えっ、お金を払わなくていい船なんてあるの」

「猪牙舟だろうが大きな交易帆船だろうが、客ならばお代《だい》を払うわね。わたしたち、江ノ浦屋の大旦那様の身内扱いのおかげで一文も払ってないのよ」

「驚いた」

「長崎に行ってもね、長崎会所という長崎の分限者たちが造った大店《おおだな》のお屋敷の一角に住まわせてもらった」

「そこの宿代はどうしたの」

「それもただよ」

と桜子が首を横に振った。

「そんな話、聞いたこともないよ」

「ええ、わたしたちにとっても初めてのことばかりよ」

と桜子は答えながら、

（わたしたちは命を賭けて長崎会所のために尽くした）

と胸のなかで言った。

だが、言葉にして語れば語るほどかよを混乱させることも分かっていた。

「かよさん、こたびの旅でわたしはこの世間のごく一部しか知らなかったということが分かったわ。大きな声では言えないけど、公儀だけが世間を動かしているのではないのよ」

「なんだかむずかしい話みたいね」

「わたし、猪牙舟の船頭をまた始めるわ。柳橋から今戸橋《いまどばし》の船宿まで客を送って二百文の舟賃を頂戴する暮らしに戻るわ」

「桜子さん、元の暮らしに戻れるの」

かよの素直な問いに桜子はしばし考えた。

「長崎の旅は、小龍太さんにとってもわたしにとっても夢の旅だった。大きな帆船に乗せてもらい、立派な船室に泊まり、三度三度の食事が供される。『夢よ、夢』と考えるほかはないわ。わたしは、猪牙舟の女船頭なの」

とかよに答えるのではなく、桜子は己に言い聞かせていた。同時に、一年半の旅が小龍太と桜子の五体の奥底に刻み付けた体験が、この江戸でも別の生き方を強いるような、そんな思案が頭に浮かぶのを否定しきれない桜子だった。そのう

えで、

「まずは猪牙舟の女船頭を精一杯務めるわ」

と繰り返す桜子を、かよがまるで知らない女を見るように見詰めていた。

第二章　女船頭再開

一

この朝、湯屋でさっぱりしたところで桜子は船宿さがみに行き、小龍太は約束のとおり江ノ浦屋彦左衛門と絵師のもとへ行くため徒歩で魚河岸に向かった。

桜子がさがみに行くと女将の小春が、

「桜子はどうせ朝餉《あさげ》は摂ってないんだろ。棒術の稽古のあと、お腹《なか》が空《す》いてるだろ。ほれ、台所に行ってしっかりと朝餉を食べておいでな」

と言った。今朝方さくら長屋の庭でふたりが棒術の稽古をしたことがすでに界隈の評判になっているようで、小春も承知していた。

「一食抜くくらい大丈夫ですよ、おかみさん。それより一刻《いっこく》も早くお客様を乗せて櫓が漕ぎとうございます」

と桜子は応じた。

「仕事でなにがあってもいけないよ。いざというとき、腹が減っていてはうまく捌《さば》けません。むろん世間に言い訳もできません。今朝はおまえさん名指しのお客人がおられます。いえ、もう半刻ほどあとに参られますのさ。そんなわけで朝餉がまず先だね」

と小春にさがみの台所に追いやられた。

老舗の船宿の台所で住み込みの船頭四人がどんぶり飯を鯖《さば》の味噌煮《みそに》と鶏と里いも、人参なんぞの炊き合わせをおかずに大根の味噌汁でがつがつと食していた。

住み込みだけに皆若い面々だ。そのなかには桜子が初めて顔を合わせる新米船頭もいた。

「ご一統様、出戻りの女船頭桜子にございます。本日から仕事を再開することになりました。よろしくお付き合いのほどをお願いします」

桜子は四人の若手連に頭を下げた。

「おお、桜子姉きよ、こっちこそよろしく頼みますぜ」

と応じたのは桜子が江戸を離れる以前から住み込みだった滋三郎《じさぶろう》だ。

「滋三郎さん、わたし、姉きなんて呼ばれる柄《がら》じゃないわ。出戻りよ、桜子と呼び捨てで付き合ってくださいな」

「幼い折りから柳橋界隈の人気者でよ、そのうえ棒術の遣い手だ。薬研堀の棒術大河内道場の若先生の小龍太さんがおまえさんのご亭主なんだろ。桜子なんて呼び捨てできねえよ。ひょろっぺ姐《ねえ》さんとでも呼ぶかね」

「お好きなように呼んでください。わたしたち、同じ釜の飯を食う仲間ですからね」

「おお、こっちこそよろしく頼むぜ」

と滋三郎が応じて住み込み船頭らとの顔合わせは済んだ。

先に食していた若手連は朝餉を食い終えると早々に船着場に飛び出していった。指名客のない若手連は、船着場に出て親方の指図で客が決まるから朝餉もゆっくりと食していられなかった。

滋三郎たち四人が台所から姿を消したあと、さがみの台所を預かる女衆の頭分《かしらぶん》のおかつが、

「桜ちゃんさ、飯はどんぶりかえ、それとも茶碗がいいかね」

と聞いてきた。

おかつは船宿さがみの朝餉全般を取りしきっていた。船宿の客が相手ではなく、さがみで働く船頭や女衆など大勢の奉公人が相手だ。

三つの折りから、桜子をとくと承知していた。

「おかつさん、わたし、十五、六の食べ盛りではありませんよ。茶碗でけっこう、自分で装《よそ》います」

お櫃《ひつ》のところに行って茶碗を手にして装った。膳を運んできたおかつが、

「広吉さんが亡くなってそろそろ三回忌が巡ってくるかね。独り暮らしをしていた桜ちゃんが不意に姿を消してさ、このあたりは急にさびしくなっちまったよ。おかみさんに聞いたよ、棒術の若先生と所帯を持ったとね」

どうやらこの界隈でふたりの一件は評判になっているらしい。

「はい、親方とおかみさんが祝言の場を設けてくれるそうです」

「よかったね、桜ちゃんのような美人がいつまでも独り暮らしはいけないよ。棒術の若先生ならば、安心だよ」

とお茶を淹《い》れながら、あれこれとおしゃべりした。だれもが一年半も姿を消していた桜子の動静が気がかりのようだった。

「長崎に旅していたってね」

「はい、成り行きで西国の長崎まで旅をしておりました」

と桜子が答えたところに通いの船頭で朝めしを自分の家で食してこなかったふたりが姿を見せて、おかつが桜子の傍らからいなくなった。

「お帰り、桜子さんよ」

船宿さがみに本所の船宿から鞍替《くらが》えしてきた松三《まつぞう》が声をかけてきた。

「松三兄さん、庄吉《しょうきち》さん、本日からまたさがみで世話になり、猪牙舟の船頭を務めます。よろしくお付き合いください」

と挨拶を返すと桜子も急ぎ朝餉を食し、膳を洗い場まで下げて、

「ご馳走様」

と礼を述べて船着場に向かった。

するとヒデが桜子の猪牙舟を用意してくれていた。その傍らには旧知の読売「江戸あれこれ」の書き方にして売り方の小三郎《こさぶろう》が立っていた。

桜子はまずヒデに、

「ヒデさん、猪牙を仕度してくれてありがとう」

と礼を述べて、

「ヒデさんの猪牙はまだなの」

「おお、手入れが遅れているらしいや」

と言い合った。

それから黙って桜子の言動を眺めていた小三郎に視線を向けて、

「ひさしぶりね、小三郎さん」

と声をかけた。

一年半も前に、桜子が初の娘船頭としてさがみで仕事を始めた折り、小三郎が売り出しに力を貸してくれたのだ。

江ノ浦屋の五代目が広吉と桜子父娘を連れて魚河岸の店を廻り、旦那衆に口利きをしてくれた。魚河岸の頭領の紹介だ。だれもが祝儀《しゅうぎ》を桜子の手に押し付けてくれた。桜子は五代目の親切をあり難く感謝しながらも、

「大旦那様の口利きでは相手様が恐縮なさいます。これからはお父つぁんとふたりで挨拶に出向きます」

と丁重に断った。その様子を見ていた小三郎が江ノ浦屋の代わりとばかりに、日本橋の真ん中で「娘船頭売り出す」と口上を述べてお披露目をしてくれた。

その折り、娘船頭の巾着《きんちゃく》には、なんと十三両と百二十三文ものご祝儀が入っていた。

魚河岸の頭分の江ノ浦屋五代目彦左衛門の口利きばかりではない、小三郎の口上を聞いた通りすがりの職人衆や商人衆までもが祝儀をくれたのだ。

桜子は十三両もの祝儀をどうしたものかと思案した。そして、広吉に許しを乞《こ》い、小三郎にも相談した末にその全額を北町奉行所に願って御救小屋《おすくいごや》に寄進することにした。桜子と小三郎の付き合いはこればかりではない、そんな交遊を通じて今では互いを信頼していた。

「桜子さん、大人になりなすったね」

と小三郎が眩《まぶ》しげな眼差しを桜子に向けたものだ。

「大人になったとはどういうことよ」

「おまえさんとおれの仲だ。忌憚《きたん》なく言うと、いい女になったということよ。親方に聞いたが棒術の若先生と所帯を持ったってね、おめでとうよ」

小三郎が祝いの言葉を述べた。

「ありがとう、小三郎さん。ちょうど小三郎さんの力を借りたいと思っていたところだったの。こんど暇をつくってくれないかしら」

「これからでもいいぜ」

「わたし、名指しのお客さんがいるのよ」

と答えた桜子は小三郎の平然とした態度に、

「まさか、名指しのお客人というのは小三郎さんじゃないわよね」

「読売屋のおれであっちゃいけねえかい」

「そうか、お客人は小三郎さんだったのか」

「そういうこった、久しぶりに親父さん譲りの猪牙舟に乗せてもらいますよ」

と言うと猪牙舟に身軽にも飛び乗った。

桜子も艫に立ち、棹を握った。

そんなふたりをヒデが見て、黙って舫い綱を外した。

「ヒデさん、ありがとう」

と改めて礼を述べた桜子がこの一年半、ヒデが面倒を見てきた猪牙舟を船着場から離して柳橋へと進め、大川に出ると棹を櫓に替えた。

桜子にとって幼いころから馴染《なじ》んだ猪牙舟の扱いだ。なんの差し支えもなかった。

「お客様、どちらに参りましょう」

「そうだな、大川河口に向けてもらいましょうか」

と客の小三郎が言った。

江戸の内海に接する大川の河口はふたりに縁のある場所だった。さがみが新造した屋根船のお披露目で広吉とともに棹差しを務めた桜子の、いささか派手な初仕事と騒ぎが小三郎の筆で読売に載り、この内海に集まった初日の出見物の船客らに売られたことがあった。

「はい。畏《かしこ》まりました」

と返答をした桜子に小三郎はすぐには話しかけようとはしなかった。小三郎が名指しで桜子の猪牙舟に乗ったのは、仕事がらみだと桜子は推量していた。

だが、小三郎はなにも話しかけず舟行《しゅうこう》を楽しんでいる風情《ふぜい》だった。

両国橋《りょうごくばし》を潜り、新大橋《しんおおはし》を抜けて、永代橋《えいたいばし》を望む頃合いになり、

「桜子さんよ、異国はどんなところだったえ」

とぽつんと聞いた。

桜子と小龍太が江戸に戻って三日、読売の手練《てだ》れの書き方にして売り方の小三郎は桜子にすぐには連絡《つなぎ》をとってこなかった。しかし、小三郎があらゆるツテを頼って江戸を不在にした桜子の一年半を調べ上げているものと判断した。となると正直に対応したほうがいい、と桜子は考えた。

「長崎会所の交易帆船に小龍太さんといっしょに乗って唐人の国の上海を始まり

に天竺のカルカッタという港町を訪ねたわ。わたしたち、長崎に逗留していた月日よりも交易帆船で暮らしていたほうが長いの」

「天竺ね、話に聞くだけの土地かと思ったら、ひょろっぺ桜子と小龍太さんが訪ねていたか。魂消たと言いたいが、おまえさんのやることは読売屋のおれなんぞの思案をはるかに超えてやがる。魂消たという言葉はなしだ。おりゃ、おまえさんのどんな話も信じるぜ」

「ありがとう」

「最前、ひょろっぺはおれに相談があると言ったな。ここで話せる話かえ」

「猪牙舟にはわたしと小三郎さんのふたりだけよ。むろん話せるわ」

小三郎が首肯《しゅこう》した。

「長崎にオランダ商館があるのは承知よね」

「おお、幾たびかオランダ商館長一行の江戸滞在を読売にしたから承知だ。ひょろっぺは出島に潜り込んだかえ」

桜子が頷いた。

「出島のケンプエルという医師から二枚の絵を見せられたの」

と前置きした桜子はその絵がどのようなものか、だれがその絵を描いたか、櫓を漕ぎながら克明に説明した。

桜子は小三郎が仕事がらみで猪牙舟に乗ったと承知していたから、江戸の内海には入らずに大川河口左岸に口を開けた堀に猪牙舟を入れた。江戸の内海より深《ふか》川中島町《がわなかじまちょう》と越中島《えっちゅうじま》の間に架かる武家方一手橋《ぶけがたいってばし》を潜った。

波が立つ内海より深川の堀をゆっくり進むほうが桜子の説明を小三郎が聞き取れると思ったからだ。

「待ってくれ。十五、六年前か、コウレルという商館の若者が三つの桜子を見かけて絵にしたというのか」

と小三郎は念押しした。

「そういうこと。わたしが柳橋の神木三本桜に、長屋を出ていったおっ母《か》さんが一日も早く戻ってくるようにと祈っている姿を描き留めたのよ。もう一枚は、この猪牙舟が柳橋の下にお父つぁんの船頭で差しかかり、わたしが艫下で遊ぶ様子が描かれているの」

小三郎は黙って桜子の説明を吟味していたが、

「つい最前、ひょろっぺの行動に魂消るのはなし、桜子さんの話はみんな信じるといったが取り消すぜ。そんなことがあるのか」

「あるの、あったのよ」

「おりゃ、話だけでは信じられねえ」

「どうしたらわたしの話を信じてくれるの、小三郎さん」

「そりゃ、絵を見るのがなによりだ。だが、出島のなんとかという医師が手放すわけもないか。おれが長崎に行ったところでコウレルって絵描きは会ってくれないやな」

「無理ね、コウレル絵師は本国オランダに戻り、わたしとお父つぁんを描いた二枚の絵が世間に認められて評判になることを望んでいたの。でも、絵師の願いは叶《かな》わなかった。そんなわけでコウレルさんは自裁して果てたそうよ」

「絵はなし、描いた当人も身罷ったとなると、あるのはひょろっぺの途方もない言《げん》だけか、この話」

「小三郎さんとわたし、短い付き合いだけど互いを信用しているわね」

「だから、話を信じろというのか、桜子さんよ」

「絵があると言ったらどうなの」

「コウレル絵師はオランダに持って帰ったんじゃないか」

「小三郎さんらしくないわね。絵描きにその気があるならば、絵は何枚も描けると思わない。わたしたちが出島のアトリエで見た絵もコウレルさんが本国に持ち帰らなかった二枚よ」

「それが長崎にあるんだな」

「いえ」

と桜子が櫓を漕ぎながら首を横に振った。

猪牙舟は、ゆったりと深川蛤町《はまぐりちょう》の黒船橋《くろふねばし》を潜っていた。

「まさか、ひょろっぺ、おまえさんが持っているのか」

「魂消た、それともわたしの言葉が信じられないかしら」

「おい、どこにあるんだ、その絵」

小三郎の声音《こわね》が急《せ》き込んだ。

「小三郎さん、ひょろっぺ桜子を承知のようで承知していなかったのね。まずわたしにすることはなに」

「すまねえ。おれは最初《はな》から絵を桜子さんが持っているなんて夢にも考えてなかったんだ。悪かった、このとおり謝る」

と猪牙舟の胴の間に正座し直した小三郎が頭を下げた。

「お客人が船頭に頭を下げるなんてなしよ。顔を上げてくださいな」

「なんてえ様《ざま》だ、『江戸あれこれ』の書き方の小三郎としたことが」

と言いながら顔を上げた。

「絵は船宿さがみに預けてあるわ。わたしたち、小龍太と桜子の祝言の折りに披露しようと思っているの。そのことについて小三郎さんに相談したかったのよ」

「なんてこった。ひょろっぺ桜子、恐ろしや。おりゃ、猪牙舟に乗らなくてもあのまま船宿さがみに居れば、二枚の絵が見られたのだな」

「いえ、そうはいかないわ。桜子にとって大事な密談は一対一、この猪牙舟がその場よ」

「ひょろっぺ、猪牙を柳橋に向けてくれないか」

と願った小三郎の脳裏にある考えが湧《わ》いた。

(だが、すべては二枚の絵を見てからだ)

「なにを考えているの、小三郎さん」

「今日は桜子さんに驚かされてばかりだ。とくと思案してな、おれの思いつきを聞いてくれないか。そっちの相談にも乗るからよ」

と小三郎が言い、

「あいよ」

と桜子が返事をした。

二

大河内小龍太が魚河岸に江ノ浦屋五代目彦左衛門を訪ねると、彦左衛門は二丁《にちょう》櫓《ろ》の屋根船を用意して待ち受けていた。薬研堀の大河内道場に置かれていた長崎からの品々を積み込んだのと同じ屋根船だ。ふたり船頭も同じ顔触れ、どうやら江ノ浦屋の持ち船と思われた。

「お待たせ申しましたかな」

「いえ、長崎からの品はほぼ捌けましたでな、暇とは申しませんがまあなんの差しさわりもありません。されど北洲斎霊峰め、大川の上流におるそうな。そこまでお付き合いくだされ」

と彦左衛門が願った。

両人が乗った屋根船は日本橋川左岸の魚河岸から大川へと向かった。そして、二丁櫓を利してたちまち大川上流へと遡《さかのぼ》っていった。船内にはなぜか貧乏徳利と茶碗がひとつ置いてあった。この船にはそぐわないものだった。

「少しは旅の疲れが取れましたかな」

「この半年余りは外海を航海していることが多く陸《おか》に上がっても常に体が揺れているように感じておりましたが、昨日と今朝の棒術の稽古でそんな心持ちも薄れました」

「若いというのはいいものですな、さすがに日ごろから体を鍛えている武術家ですな」

と応じた彦左衛門が、

「この広い江戸で唐天竺を己の眼で見た和人はそうはいますまい」

とごく小さな声音で言い添えた。

「江ノ浦屋の大旦那どのは異国をご存じないと」

「私ですか、川船ならばなんの差し支えもありませんがな、外海航海へ乗り出す勇気がございませんでな」

と言い訳めいた言葉を漏らした。

「長崎会所とも古い付き合いとお見受けします。いくらでも外海航海の機会はありましたでしょうに」

との小龍太の問いに、

「うーん」

と唸った彦左衛門が渋々話し出し、

「先代が存命のころ、跡継ぎの私、父親にも長崎会所の面々にも、『長崎を見ずして交易は出来ません』と言われましてな、一度だけ長崎会所の持ち船に乗って江戸の内海から長崎に向けて外海に乗り出したことがあります、小龍太さんと同じ齢《よわい》のころです。ところが私が想像した以上の船酔いでしてな、このような苦しみに耐えるくらいなら、交易などできなくても構わぬと船頭衆に懇願して伊豆《いず》の風待ち湊網代《あじろ》で下りて、徒歩《かち》にて江戸に戻って参ったところ、親父にひどく呆《あき》れられたことがございます。以来、外洋航海での長崎行きは諦めました、情けない話です。小龍太様、この一件、聞き流してくれませんか」

と苦笑いした。

「なに、江ノ浦屋の大旦那どのにさような弱みがございましたか。われら、遠州《えんしゅう》灘《なだ》でしたか紀伊《きい》の沖合でしたか、嵐のあとで船酔いはしましたがそのうちに和洋折衷《せっちゅう》の交易帆船の揺れにも速さにも慣れました。なにしろ江戸から肥前長崎まで十日余りで走り切る交易帆船には弁才船も太刀《たち》打ちできますまい」

「できませんな。それは分かっておるのですがな、江戸から伊豆までの航海で散々な醜態を見せて以来、長崎行きもその向こうへの旅も諦めました。かように私は長崎をまともに知らずして長崎会所と長年交易をしてきました。むろん私の表の顔は、魚河岸で主に鯛を扱う仲買いでしてな、長崎会所を通じての異国の品々の売り買いをする裏の顔の私を知る者は数人だけです。こたび、大河内の若先生と桜子のおふたりが増えましたな」

「大旦那どの、われらが江ノ浦屋の裏商いをだれぞに告げることは決してありません」

と小龍太は言った。

長崎や異国を少しでも知った小龍太は、鎖国制度のなかで異国との交流や交易が出来ないのは和国にとって不都合ではないかと思っていたから、かような問答を交わさざるを得ないこと自体、理不尽だと感じていた。ただし彦左衛門の船酔いは極めて個人的な問題だった。

小龍太の言葉に頷いた彦左衛門が、

「小龍太様、棒術の指導ですがな、薬研堀とは別の道場が入用《いりよう》なればいつでも申してくだされ」

と話柄を転じた。

「いえ、それがし、もはや棒術の指導だけで生きていくことはできないと江戸に帰って悟りました。それが薬研堀の道場を出た真《まこと》の理由《わけ》です」

「長崎を見た、異国を知ったその経験を活かすことを考えておられますかな」

「公儀の政のやり方は早晩変わらざるを得ない、異国を見て今のままではとても太刀打ちできないと考えました。桜子とそれがしが偶然にもさような経験を為したことを活かすのはわれらの務めかと存じます」

潜《ひそ》み声で語る小龍太の言葉に彦左衛門がうんうんといった風に首肯し、

「小龍太様、私の裏仕事の手伝いをなさる気はありませんかな。繰り返しになりますが、長崎を知り、異国の商いを直に知った大河内小龍太という人物は私にとって貴重でしてな。異国との交易が不都合ではない時節は、小龍太様が考える以上に早く来るでしょう。それまでに少しでも異国交易の仕組みを作っておくことは大事と思いませぬか」

「ほう、江ノ浦屋どのは江戸にあってさような考えをなさいますか。それがしの言葉、いささか傲慢《ごうまん》ですが、すでに江ノ浦屋の大旦那どのは異国を見ずして異国を知っておられます」

「いえ、この目で見ると見ないでは全く異なりますぞ、忌憚のない私の気持ちです。されど江ノ浦屋彦左衛門め、最前も申したが外海航海の船に弱いし、十分に歳《とし》も取りました。小龍太様が助けてくださるならば、これまで細《さき》やかに為してきた私の商いは何十倍にも膨らみましょうぞ」

北洲斎霊峰との面会に同行を願ったのはかような話をするためであったのかと小龍太は驚いた。薬研堀の大河内家を出た小龍太の迷いを、真の理由を江ノ浦屋彦左衛門は察していたことになる。

「それがし、棒術の道場を開くより交易の助勢の仕事は比べようもないほど心が動かされる申し出でござる。この一件、桜子と相談のうえ、返答申し上げてよろしいですか」

「むろんです」

と彦左衛門が言ったとき、

「旦那様、小梅村《こうめむら》に着きましたぞ」

と船頭の声がした。

障子戸が開けられると屋根船は大川左岸に泊まる古びた屋根船に横付けされていた。その船の向こうの土手に作務衣《さむえ》を着た鬚面《ひげづら》の男が大川越しに江戸の町の方角を見ながら絵筆を動かしていた。

「おや、江ノ浦屋の大旦那様」

とその者が言った。

どうやら東洲斎写楽の変わり者の弟子はこの人物かと小龍太は見た。

「おまえさんの知恵を借りたいが忙しいかな」

「大旦那様がご承知のように暇は十二分に持っております」

「ならば、おまえさんの屋根船に乗ってくれませんか」

「ただ今直ぐに」

と絵の道具を抱えると古びた屋根船に乗り込んだ。

小龍太は北洲斎霊峰がこの屋根船で暮らしているかと察した。艫《とも》側の障子戸を開くと猫が何匹も姿を見せて、ミャウミャウと鳴いた。すると船のなかから犬の吠え声もした。

「大旦那様、夕刻までに戻ってこられるかのう」

「神田川の柳橋まで行き、あちらでせいぜい一刻ほどおまえさんの知恵を借りたい。帰りは船宿さがみの猪牙に送らせるゆえ、夕刻前には小梅村のこの船まで戻れましょうぞ」

「わしの知恵、なにがしかの銭になろうか」

北洲斎霊峰は正直に問うた。

「相変わらず絵を売る気はありませんか」

「大旦那様よ、売る気はあるが買う客がいないだけだ」

とこれまた忌憚のない返答だった。

「案ずるな、おまえさんの知恵次第ですが、ひと月やふた月の暮らしが立つ程の金子《きんす》は渡せるはず」

「助かった。わしは腹を減らしてもいいがこのぼろ船の同居人たちの食い扶持《ぶち》は要るでな」

霊峰がぼろ船と称した屋根船の屋形《やかた》に猫たちを押し戻し、障子戸を閉めて、彦左衛門の屋根船に飛び乗ってきた。

すぐに二丁櫓の屋根船は舳先を巡らして大川の流れに乗った。

その間に霊峰が貧乏徳利のほうに這《は》っていき、徳利と茶碗を摑《つか》んだ。

「酒代も切らしておるか」

「絵が売れんでは致し方ないわ。この三日ばかり酒なしであった。あり難い、大旦那様よ」

「霊峰さん、こちらの侍を紹介しておきます。おまえさんの知恵が生きるかどうか、このお方、大河内小龍太様の話を聞いてごらん」

「へえ、合点承知です。でも、先にいっぱいだけ茶碗酒を飲む暇が欲しい」

「相分かり申した。酒を飲みながらでも一向にかまわぬ。話してもよいかな」

「おお、話の分かるお侍じゃな。なんぞ江ノ浦屋の大旦那様と関わりがあるかな」

と言って茶碗酒をきゅっと半分ほど飲んだ。

「あるといえばある、ないといえばない、その程度の関わりだ。それがしがそなたに願うのは絵の飾りつけの知恵を借りることだ」

「なに、お侍は絵の掛け方も知らんか。好きなように飾ればそれでよいわ。まさか絵を飾る壁がないゆえどうしようと聞いておるのではなかろうな」

「飾る場所は船宿さがみだ」

「老舗の船宿ならば床の間があろう。なにが差しさわりか」

「額装された絵が二枚だ」

「額装じゃと、ご大層じゃな。だれの絵か」

「オランダ人の絵描きコウレルと申す御仁の絵だ」

「異人が描いた絵をどうする気だ」

「それがしと女房の祝言の場に飾りたいのだ」

「なんとも変わった注文じゃな。自分たちの祝言ならなおさら好きに飾ったらよかろうが」

と言い放つと茶碗に残った酒を飲み干した。そして、新たに貧乏徳利から注ぎかけて、

「江ノ浦屋の大旦那様よ、わしが出る幕があるとも思えん」

「そうじゃな、なにから説明すればよいか。おお、そうじゃ、小龍太様の女房がだれか聞かぬか。わしの娘と思え」

「なに、大旦那様に娘がおったか」

「実の娘はおらぬがわしは娘船頭桜子の父親がわりでな」

「娘船頭じゃと、まさかひょろっぺ桜子ではあるまいな」

「おお、ひょろっぺ桜子を承知か」

「一年半ほども前か、日本橋でな、娘船頭お披露目を見たわ。どこぞの読売屋がついておったな」

「『江戸あれこれ』の小三郎さんじゃな」

「あの娘の亭主がこのお侍か。ふふーん、えらい嫁を貰《もら》ったな。尻の下に生涯敷

かれぬか」

「霊峰絵師よ、その覚悟はできておるわ」

「惚《ほ》れたものだな」

という小龍太と霊峰のやり取りを聞いていた彦左衛門が、

「霊峰さんや、いいか、小龍太様と桜子の祝言の場に絵を飾るにはそれなりの曰くがあるのだ。そのことは絵を見れば絵描きのおまえさんには直ぐに分かろう」

と答えたとき、

「大旦那様、神田川に入ります」

と船頭から声がかかった。


彦左衛門、小龍太、北洲斎霊峰の三人が船宿さがみの二階の大広間に入ると、なんと先客がいた。読売「江戸あれこれ」の版元の主《あるじ》、たちばな屋豊右衛門《とよえもん》と書き方の小三郎のふたりがいて、桜子がオランダ商館長一行の江戸参府の素描画を大広間の畳の上に並べようとしていた。

「大旦那様、小龍太さん、行きがかりで『江戸あれこれ』の小三郎さんにちらりと絵を見てもらったの。小三郎さんが店に戻って話したら、ご主人のたちばな屋豊右衛門さんもぜひ絵を見たいと申されて小三郎さんがこちらに連れてこられたところよ」

とふたりの立場を説明すると、彦左衛門が大きく頷き、

「こちらは東洲斎写楽の弟子北洲斎霊峰に絵を見てもらってな、知恵を借りたくて連れてきた。もろもろ考えるに『江戸あれこれ』には早晩世話になると思うておりましたわ」

と鷹揚《おうよう》に受けた。

「江ノ浦屋の大旦那、わっしはね、小三郎から絵について聞かされて、こいつはすぐに見ておきたいとひょろっぺ桜子に無理を願ったところさ。写楽師の弟子北洲斎霊峰さんが加わったとなると、大河内の若先生、桜子さんよ、天下一の陣容ではないかえ。うちは決して邪魔はしませんからね、江ノ浦屋の大旦那」

と版元の主人、たちばな屋豊右衛門が言った。

「こりゃ、なんだえ。大変な数だな。異人の絵描きもなかなかやりおるな」

と霊峰が漏らした。

「霊峰さんよ、この絵が分かるか。長崎の出島に住まいするオランダ商館長の一行の江戸参府の道中の光景よ」

「おお、そういうことか。ほうほう、長崎から江戸までの長い旅路が克明に描かれておるか。和人の絵描きの見方と違い、面白いな。ためになるわ」

と言い切った霊峰が、

「江ノ浦屋の大旦那様、額装された絵があると言わなかったか」

と言い出した。

桜子が大広間に素描画を広げ終わると立ち上がり、

「北洲斎霊峰さん、かように長崎から江戸までオランダ商館長の一行は旅されてきます。そして最後がこの江戸、わたしどももよく知る長崎屋に逗留して上様《うえさま》に拝謁《はいえつ》なされます。コウレルさんは商館長の付き人でしたが、本来は絵描きになるのが夢でした。わたしはオランダのことは一切存じませんが長崎であれこれと教えられました。それによると百五、六十年前、オランダに絵の大層盛んな時代があったとか。レンブラントという優れた絵師の作は、よその国の人も欲しがるほどの名品だそうです。そんな時代にフェルメールという絵描きさんがいたそうな。このフェルメールをコウレルさんは尊敬していました。コウレルさんはこの江戸に、それも柳橋に御忍駕籠でやってきたのです。今から十六年前です」

と言った桜子が床の間を振り返った。そこには鳥居形の衣紋《えもん》かけが据えられ、衣装の代わりに真っ白な布が広げられていた。

「小龍太さん、手伝って」

と言われた小龍太が桜子の意を察して衣紋かけをふたりで横に移した。

すると床の間に二枚の額装された絵が掛けられているのが見えた。

北洲斎霊峰がまず床の間の絵に近寄り、傍らに「江戸あれこれ」版元主人のたちばな屋豊右衛門が並んで二枚の絵を凝視した。

じいっ、と凝視していた豊右衛門が、

「なんと神木三本桜と幼き折りの桜子ちゃんじゃないか」

と叫び、霊峰が、

「ひょろっぺ桜子を異人の絵描きが描いたか。なんとも巧妙な業前《わざまえ》じゃな。わしら、和人の筆ではこうは描き切れぬ」

「この絵はコウレルさんが心の師と仰ぐフェルメールさんの名高い作『真珠の耳飾りの少女』を模したものだそうです」

と桜子が説いた。

「おお、こちらは桜子さんの親父さん、広吉さんじゃな。足元に幼な子が遊んでおるわ」

広吉の猪牙に乗ったことがあるのか、懐かしそうに豊右衛門が微笑《ほほえ》むと、

「光の具合がなんともいい、わしら、異人の足元にもよれぬぞ。いや、和人と異人の絵の捉え方が異なっておるということか」

と霊峰が感嘆した。そして、

「そうか、桜子さんとお侍さんの祝言にこの二枚の絵を飾ろうというのだな」

「霊峰さん、わたしども、皆様には一連のオランダ商館長の江戸参府の図を見たあとに、この二枚の絵を見ていただきとうございます」

と桜子が言い添え、

「霊峰どの、われらが長崎の出島で最初にこれらに接したときは、江戸参府の数多の素描画の前半分と後半分の真ん中に、額装されたこの『花びらを纏った娘』とこちらの『チョキ舟を漕ぐ父と娘』の二枚が飾られてあったのだ。この二枚の絵と素描画を見つけたケンプエル医師によれば、コウレルはオランダ国にて、この絵を油絵というものに仕上げて世に問うておるはずと言うておった。どうだ、同じ絵師としてコウレルの絵をどうみるな」

小龍太の問いに北洲斎霊峰は瞑目《めいもく》して沈思した。そして両眼を閉じたまま、

「わしはコウレルという絵師に嫉妬を覚えるぞ。桜子さんが最前、オランダのこ

とはなにも知らんというたが、わしはさらに知らぬ。絵描きとしていえることは、ただひとつ、後世に残ってしかるべき『二枚の絵』ということだ」

というと両眼を見開き、ふたたび『花びらを纏った娘』を凝視した。

「この絵を祝言の場に飾る、なんともよき考えじゃぞ。今思いついたところを申すならば、オランダ商館長の江戸参府の素描画は、この数百枚から二、三割を選び出して船宿さがみの入り口から二階への階段《きざはし》へと飾り、この大広間には『花びらを纏った娘』と『チョキ舟を漕ぐ父と娘』の二枚だけを掛けて目立たせるがよかろう」

と桜子を見た。

「ありがとう」

と霊峰の即答に驚きながらも桜子が礼を述べ、

「おまえさんが素描画を選んでくれるな」

と彦左衛門が念押しした。

「江ノ浦屋の大旦那様よ、こんな絵にお目にかかるなんて考えもしなかった。オランダか、行ってみたいな。むろんコウレル絵師が渾身の腕を揮《ふる》った二枚の油絵とやらを見るためにな」

という霊峰の言葉がその場にいる者の気持ちを語っていた。

三

船宿さがみで桜子と小龍太、江ノ浦屋彦左衛門、北洲斎霊峰、読売「江戸あれこれ」の版元主人のたちばな屋豊右衛門と書き方の小三郎、さがみの主の猪之助と小春夫婦の五組八人による、祝言の場に二枚の絵と数多の素描画をどう展示するかの相談が行われた。

その途中で霊峰が小梅村の岸辺に舫ったままの住まい兼画房に残した猫四匹と犬二匹が気になると言い出し、ヒデの漕ぐ猪牙舟に乗っていったん戻ることになった。

帰路は霊峰が船頭を務めて屋根船ごと柳橋まで引っ越してくる。

神田川に舫った住まい兼画房のなかで江戸参府の素描画から五十枚ほどを厳選し、簡易な表装をなすことを彦左衛門から命じられた霊峰は、当然幾日かかると見込んで屋根船を小梅村から柳橋に引っ越しさせることにしたのだ。

そういうわけで、ヒデの猪牙舟には女房のかよも乗り込み、霊峰の犬猫の世話を手伝いながらすぐに柳橋に戻ってくることになった。

霊峰が姿を消したあと、彦左衛門が、

「なんとも賑《にぎ》やかな祝言になりそうだな」

と上気した口調で言ったものだ。

「こうなると霊峰さんの仕事次第で祝言の日取りも決まりそうだな。霊峰さんが江戸参府の素描画を五十枚ほど選び、表装するには丸三日もあればできようと言い残していったが、当然、小龍太と桜子両人の祝言はそれらの準備が整うまで催されませんよね」

となんとなく魂胆がありそうな小三郎が言い出し、

「小三郎さん、そなたになんぞ考えがございますかな」

と彦左衛門が質した。

「明日も桜子さんは女船頭を務めますかな」

小三郎は彦左衛門の問いには答えず桜子に質した。

「わたしになにかやらせようというの」

「桜子さんだけではございませんよ、小龍太さんからも江戸を不在にした一年半のあれこれをお聞きしたいのですがな」

「うむ、ちょっと待ちなされ。この場にいる者たちは、ふたりの長崎逗留と異国遍歴は承知しておりますよ。されどこのことを『江戸あれこれ』に載せることなぞあり得ない。異国の旅が公儀に知られればふたりの命はありませんでな」

彦左衛門の険しい言葉ににやりと笑った小三郎が、

「やはりひょろっぺ桜子と棒術の若先生の異国の旅を皆さんも承知しておられましたか」

と念押しするように言ったものだ。小三郎はまずこのことを確認したかったようだった。

「小三郎さん、ふたりの異国旅はあったかもしれないが、この江戸ではさようなことは一切なかったということでこの場の者は得心しております。おまえさんもそれは分かっているはずだが」

彦左衛門の懸念に猪之助親方も女将の小春も賛意を示すような表情を見せた。

「江ノ浦屋の大旦那、そこですよ。わっしが思案したのは」

「どう思案しなすった」

「ふたりから長崎での話を聞いて読売にすることは、江ノ浦屋の大旦那、格別差しさわりはありますまい」

「桜子と小龍太様が長崎で見聞きした話をおまえさんがふたりから聞き出して読売にする、ここまでは差し支えありませんな。されど十返舎一九《じっぺんしゃいっく》の人気の『弥次《やじ》喜多《きた》』物ならいざ知らず、このふたりの長崎暮らしを読売にした『江戸あれこれ』がはたして売れますかな。もっとも私の案ずることではございませんがな」

江ノ浦屋彦左衛門は読売の売れ行きを案じてみせた。その言葉を吟味するように間を置いた小三郎が言い出した。

「ご一統様、わっしがこの一件をうちの読売で取り上げるひとつ目の狙《ねら》いは、柳橋の人気女船頭ひょろっぺ桜子が棒術の若先生小龍太さんとめでたく所帯を持ったと広く世に知らせることです」

「なに、こちらの船宿で祝言を挙げる前にふたりが所帯を持ったことを江戸じゅうに喧伝《けんでん》しますかな」

「はい。これまでの桜子さんの来し方は『江戸あれこれ』に幾たびも載せてどれもが評判を呼んでおります。こたびも江戸の人々は大いに喜んでふたりの幸せを祝ってくれましょうな」

「そんなことがあろうか」

と小龍太が首を捻《ひね》り、

「いえ、女船頭と棒術の若先生のふたりの取り合わせは稀《まれ》にしてめでたいですかな。かならずや評判を呼びます」

と言い切った小三郎が、

「ふたつ目の狙いは、ふたりの長崎での一件です。わっしが思案したのは、『長崎夢物語　異国放浪譚《たん》』といった題目《だいもく》で、ふたりがあたかも異国を旅したかのような夢物語に仕立てて、続き物として売り出そうという企《たくら》みです。いくら公儀でも夢物語の読み物を咎《とが》めることはできますまい」

「えっ、何日も続くの」

桜子が気にしたのは一回だけの読売ではないという点だ。むろん女船頭の仕事に差し支えると思ったのだ。

「祝言の仕度が整うまでの何日かの間、桜子さん、おまえさんと大河内小龍太の若先生よ、おれにじっくりと異国話を聞かせてくれまいか。いいかえ、何度も言うが、この『江戸あれこれ』の話は、おまえさん方が長崎で聞いたり見たりしたことを、書き方のおれが想像でふくらませ、あたかも異国を旅したように書くつくり話の『異国放浪譚』なんだよ」

小三郎の言葉にその場の者が黙り込んだ。

版元主人のたちばな屋豊右衛門だけが懐手《ふところで》を顎《あご》にあてて思案していた。むろん読売の版元として、この異国放浪記をお上が難癖つけないかという点を熟慮していたのだ。

「ご一統、江戸から一歩も外に出ないわっしらだって、江戸の外海に異国の船がうろうろしていることは承知です。海防の要を説く公儀のお偉方がいることもだれもが知っている。いまや和国だけがよ、異人や異国の帆船など見たことも聞いたこともありませんでは通じないよ。

そこへだよ、桜子さんと若先生が長崎で聞き知った話をうちの『江戸あれこれ』に続き物で載せるんだ。いいかえ、おまえさん方ふたりは実際異国に行ってきた、あれこれと珍しいことや珍奇な出来事を見聞体験したことだろう。そいつをおれに話してくれれば、書き方のこの小三郎が細工して、つくり話の『長崎夢物語　異国放浪譚』に仕立てられるってわけよ、どうです、ご一統」

と小三郎が話を締め括《くく》った。

こんどもその場の者が思案して黙り込んでいた。

ついに豊右衛門が口を開いた。

「この小三郎が書くつくり話の『長崎夢物語　異国放浪譚』はさ、評判を呼んで

『江戸あれこれ』が大売れに売れるかもしれねえ。もう一方で、こりゃ、つくり話じゃねえ、ふたりが異国を旅したのは真《まこと》だとお上が考えたとしたら、桜子さんと若先生がまず町奉行所に呼び出される。同時にうちの商いも潰されるかもしれないな。

だがね、公儀の禁制はもはや有名無実だ。ご一統様、そう思われませんか。この『長崎夢物語　異国放浪譚』は版元のわっしの勘では大評判を呼びますな。なによりあの『二枚の絵』から事が始まっているんだ。祝言が無事に終わったあとも船宿さがみに絵を飾っておけば大勢の見物客が集まりますぜ、間違いない」

と豊右衛門が言い切った。

「ううーん、大変な事になったたな」

と江ノ浦屋彦左衛門が呟いた。

「私、向後の桜子や小龍太さんの生き方にこの続き物の『長崎夢物語　異国放浪譚』がなにか新しいことをもたらすような気がするわ」

と小春が言い出し、桜子を見た。

「どうだい、桜子」

「おかみさん、どうと申されてもわたしには考えが湧きません。気がかりはひとつ、わたしたちの話がつくり話、夢物語ならば、お上から咎めを受けることはありませんよね」

とだれに言うともなく念押しした。

「ひょろっぺ桜子さんよ、若先生よ、うちの小三郎の筆を信じてくれねえか。お上の手がふたりにのびるような真似はさせないや」

と版元の豊右衛門が言い切った。

「小三郎さん、わたしたちの祝言の報《しら》せが載るのはいつのこと」

「そこだ、おまえさん方の祝言の前日か、当日の朝にしようと思う。あの『二枚の絵』が飾られた祝言の模様とな、長崎に残されていたオランダ人が描いた絵と桜子との出会いのふしぎ話を重ねて書いたとしたら、これこそ見事なつくり話になるぜ。『江戸あれこれ』を読んだ客の眼がひょろっぺ桜子の幼い折りの、ほれ、あの無垢な顔に向けられる。だれも文句はつけられないと思いませんかえ」

と小三郎が大広間の床の間に飾られた『花びらを纏った娘』の三歳の桜子を指差した。

「おい、小三郎さんよ、ふたりの祝言が終わっても大広間の『二枚の絵』は飾られたままで、おまえさんの読売を買った客に見せようという魂胆か」

「迷惑かね、猪之助親方」

「うーん。『江戸あれこれ』は一体《いってえ》いくらだえ」

「中身によるがよ、五、六文かね」

「まず大半がうちの客じゃないな」

「いや、そうともいえないぞ。ともかく大勢の江戸っ子が幼い桜子の『花びらを纏った娘』と『チョキ舟を漕ぐ父と娘』の虜《とりこ》になるのは間違いない。そんななかには懐が豊かな江戸っ子もいらあな」

「どれほどの客がこの柳橋に来ると思うね」

「何百人か、何千人か」

「何日も船宿稼業は休みか、うちの商売は上がったりだぞ」

小三郎と猪之助親方のやり取りに彦左衛門が、

「読売の話から床の間の絵に話柄が変わっちまいましたよ」

と加わった。

「江ノ浦屋の大旦那よ、話柄は変わっちゃいませんぜ。床の間の『二枚の絵』が評判を呼べば、『長崎夢物語　異国放浪譚』が現《うつつ》の異国旅の話か、夢物語かなんて気にかける者はいませんぜ、間違いない」

なんとなく小三郎の弁舌に一座の者は言い負かされた感じがした。

「ちと聞いてほしい」

と言い出したのは小龍太だ。

「われらふたりが船宿さがみを借りて祝言をするのはよいが、そのあと、絵を見に来る客のせいでいつまでもこの大広間が使えないではさがみの商いに差し支えよう。小三郎さんは読売で、われらの祝言や『二枚の絵』が評判になると決めてかかっているようだが、やはり絵を飾るのは祝言の日一日で終わりにしませぬか。そのあとのことは『江戸あれこれ』の売れ行きを見て考えたらどうだろう」

小龍太の言葉に、

「おお、そうしてくれると助かるな」

と猪之助親方がほっとした表情を見せた。

「いいでしょう」

と言った小三郎が、

「桜子さん、小龍太さん、明日からどこぞで話を聞かせてもらえませんかね」

と改めて願った。

桜子が小龍太を見た。

「それがしは構わぬ。われら、なにも悪いことをした覚えはないでな。公儀の禁に触れるような箇所があるとしたら、小三郎どのの筆にてつくり話に変えてもらおう」

小龍太の言葉を受けて桜子も頷き、

「ならばふたりに話を聞く場は、うちの裏座敷の一室を使いなさいな」

と小春が言った。

そこへ北洲斎霊峰の屋根船とヒデの猪牙舟が戻ってきた気配があった。なにしろ猫の鳴き声と犬の吠え声がけたたましく二階の大広間にまで伝わってきた。

一同が障子戸を開けて船着場を見下ろすと年季が入ったというよりぼろぼろの屋根船が船宿さがみの持ち船に交じって舫われようとしていた。

「なに、霊峰さん、あのぼろ船に本当に犬猫といっしょに暮らしているのか」

さがみの主の猪之助親方が驚きの言葉を発した。その声が聞こえたように屋根船の障子が開かれ、かよが姿を見せて、

「ご一統様、霊峰さんの船には猫四匹、犬が二匹乗っていますよ。だけど、生き物たちは舳先側に自分たちの居場所があって、霊峰さんが仕事をする折りは邪魔をしないようにおとなしくしているそうです。船のなかは見かけよりきれいに片

付いております」

と叫んで報告した。

「いよいよ柳橋は賑やかになったな。親方、さがみの船着場にあの者の船を何日か泊めても船の出入りの邪魔になりませんかな」

と彦左衛門が聞き、

「神田川に泊められなきゃ、うちの船は差し当たって大川に舫わせますぜ」

と猪之助が許しを与えた。

頷いた彦左衛門が艫に立つ絵描きの霊峰に、

「おまえさん、江戸参府の素描画をそちらに持ち込んで構わぬのか。犬猫がいくらおとなしいとはいえ、大事な絵を汚したり破いたりしませんか」

と懸念を伝えた。

「江ノ浦屋の大旦那様よ、素描画は明朝そちらの二階で選ぼう。一枚一枚を表装するのは、金はかかるがわしが承知の浅草寺《せんそうじ》門前の京表具のお店に頼もうと思うがどうだ。最初はわしがひとりでやろうと思うたが日にちがかかるわ」

なんとなく、霊峰は「二枚の絵」と素描画の展示に新たな工夫があるような口調で言った。

「金は気にするでない。それより何日かかるかそのほうが気がかりですぞ。桜子と小龍太様の祝言、そう長く待たすことはできませんよ」

「大旦那様よ、わしの勘ではな、表具屋の職人衆の技量なれば三日あればなんとかなろう」

「おお、三日か、それは都合がいいわ。その間にわっしがふたりに『長崎夢物語異国放浪譚』の話が聞けるでな」

と読売の書き方の小三郎が応じた。

「よし、明日からのそれぞれの仕事が決まったとなれば、桜子と小龍太さんの祝言の前祝いに酒を用意しておる。手すきの者は二階に上がってきなされ。当分船宿商いは休みじゃな」

とぼやきを交えながら猪之助親方が二階から声をかけると、

「しめた。ここんところ稼ぎがなくてな、美味《うま》い下り酒は飲んでない。いくらなんでも老舗の船宿さがみの酒は上酒であろうな」

と北洲斎霊峰が上機嫌に質すと屋根船の犬猫が、

「ワンワン」

「にゃんにゃん」

と呼応した。

四

「桜子、えらく賑やかね」

と柳橋の上から声がして、桜子が見るとお琴こと横山琴女と従兄の相良文吉が立っていた。

「お琴、文吉さん、いいところに来たわね。これからわたしたちの祝言前祝いの宴が始まるところよ。いっしょに加わって」

と桜子が叫ぶと、傍らから小龍太が、

「文吉どの、久しぶりじゃな、そなたに会いたかった。鑑定してもらいたい刀があってな」

「お琴に聞いたが、あの見事な大小拵えの大刀は祖父上にお返しになったとか。新しい刀を手に入れられましたかな」

「まあ、こちらにお上がりなされ」

と小龍太がふたりを招いた。

この従兄妹ふたりは船宿さがみとも江ノ浦屋の大旦那とも顔馴染みであり、また「江戸あれこれ」の書き方で売り方の小三郎の顔も見知っていた。すぐに二階に上がってきたお琴が、

「文吉従兄さん、刀の前に三つの折りの桜子に会うのが先よ」

と床の間に飾られた『花びらを纏った娘』の前に文吉を連れていった。

「おお、この絵が三つの折りの桜子、か。なんとも愛らしいな」

「でしょう。異人さんが十数年前にこの柳橋で桜子を見かけて描いたなんて信じられる」

「いや、そんな絵に当人の桜子さんが長崎で巡り会うなんて偶然があるのか、これこそ冥加《みょうが》ではないか」

「あったからこそ絵のなかに三つの桜子がいて、祝言を前にした大人の桜子がいるのよ」

「なんとも不思議なめぐり合わせだぞ、世の中にはかような縁《えにし》があるのだな」

お琴と文吉が繰り返し言い合った。

「文吉従兄さん、ひょろっぺ桜子は私たちが持ってない、なにか不思議な力を秘めているのよ、そう思わない」

「この幼い桜子さんと今は亡き親父さんふたりの絵もいいな。人間だれしもが幼い折り、父親や母親とかような日をもっていよう。されど異人さんの眼に留まり、絵として父娘の触れ合いが残っているなんて、たしかに桜子さんはわれら凡人では持ちえないなにかを秘めているのだ」

というふたりの問答を小三郎が熱心に聞いていた。

大広間の隣座敷には前祝いの宴の場が用意できて、江ノ浦屋彦左衛門たちはすでに膳の前に座していた。

「大旦那様、どうかお先にお召し上がりくださいな」

桜子が父親代わりの彦左衛門に願った。

「おお、そちらでは刀の鑑定が始まりますか」

という彦左衛門の言葉に、

「おお、そうでした」

と文吉が言い、

「小龍太どのの手にある一剣は見たことのないもののようですな」

「長崎会所の総町年寄高島東左衛門様がわれらの細やかな助勢への礼じゃと下されたものだ。その折り東左衛門様は異国に売り渡したくない刀のひとつと申された」

「ほう、それで小龍太どのはこの刀の素性を察しておられるのかな」

と文吉が言った。

「およそな。だが、そなたに鑑定してもらうまで知らぬ振りをするつもりじゃ。桜子もな、その折り、護り刀というて小さ刀を頂戴した。そちらもどのような素性の小さ刀か知らぬ」

「だって、姪御《めいご》の杏奈がわたしたちの江戸行きの船に土産だといって高島東左衛門様の贈り物の数々を届けてくれたのよ。船には江ノ浦屋の大旦那様に宛てた大荷物が積まれていたし、わたしたちの贈り物はその陰にひっそりあったの。江戸に着いてから見るように言われていたし、薬研堀の道場から大旦那様の荷が消えて初めて、わたしたちもそれなりの土産を頂戴したと気付いたのよ。ともかく小さ刀の鑑定はいつでもいいわ」

と桜子が言った。その言葉を聞いた彦左衛門が、

「桜子、小龍太様、おふたりにうちの交易品の運び屋を押し付けましたな。すまぬことでした」

と盃を手にすると、

「まずは内藤新宿の鑑定家に小龍太様の一剣を鑑定してもらい、こちらの席に腰を下ろしなされ。長い一日でした、皆でゆっくりと呑《の》みたいでな」

と言い添えた。

「江ノ浦屋の大旦那どのの催促だ。文吉どの、相すまぬが鑑定をよろしく願おう」

と小龍太が渡した。

蠟色塗の鞘から柄《つか》、鐔《つば》を仔細に眺め、

「ほう、鐔は埋忠明寿《うめただみょうじゅ》ではないか、九年母図《くねんぼ》か。刀が先か、鐔が先か」

と独り言を漏らした。そして、

「失礼」

と告げると片膝を立てた。小龍太が刃渡二尺四寸二分と見たこの一剣、相良文吉の背丈では正座にて抜くことは叶わなかった。

文吉が片膝を立てたまま、すうっと抜いた。さすがに刀の扱いに慣れた研師であり鑑定家の動きだった。

「おうおう、かような逸品がこの世に残っていましたか」

との呟きを聞いた面々も相良文吉の鑑定ぶりを凝視した。

「小龍太どのはこの鍛冶が鍛えた刀をご存じでしょうか。私は父から話には聞かされておりましたが実物を見るのは初めてです」

と驚愕《きょうがく》を必死で抑えた体《てい》の文吉が告げた。

小龍太は首を横に振り、

「十年以上も前、祖父に連れられて訪れた刀剣商にて見せられた記憶がございます。その折りの刃の豪壮な姿が頭におぼろに刻まれておりましてな。とは申せ、若侍のうろ覚えです」

「祖父上の刀好きもなかなかでございますな。十年も前の江戸でこの刀に出合った小龍太どののもなかなかの運を持った御仁ですぞ。桜子さんと夫婦になるのも不思議ではない」

と言い切り、

「高島東左衛門様が贈った一剣、それほどの珍品ですかな」

と彦左衛門が関心を持ったか、ふたりに問うた。

文吉が小龍太を見た。

「祖父上と見た刀はなんでしたな」

「九州肥後《きゅうしゅうひご》同田貫上野介《どうだぬきこうずけのすけ》と覚えております」

「ふっふっふ」

と満足げな笑みを漏らした文吉が、

「その御年で同田貫上野介に二度巡り合う剣術家は江戸にはいませんぞ。ましてや、こたびはこの刀が大河内小龍太どのの持ち物になる」

といった言葉には感動があった。

小龍太は黙って頷き、文吉が続けた。

「小龍太どの、この場で目釘《めくぎ》を抜いて確かめるのはよしにします。後日、私の父の前で願えませんか。その折り、桜子さんの小さ刀もいっしょに鑑定しましょう。父は大喜びすると思いますよ」

江ノ浦屋の大旦那ら一同が酒を楽しんでいる場の傍らで刀の鑑定をいつまでも続けることを避けた文吉が、静かに抜き身を鞘に納めた。

「お願い申します」

と小龍太は文吉から一剣を受け取った。

「ちと聞いてよいか」

とふたりのやり取りに関心を示したのか、北洲斎霊峰が言葉をかけてきた。

「その同田貫とやら、それほど古き一剣かな」

「いえ、新刀にございます。おそらく慶長末年の作ですね。この肥後の鍛冶同田貫上野介が鍛造した刃の真骨頂は鉄鎧《てつよろい》を断ち切ると称される斬れ味にございますよ。この壮絶な斬れ味ゆえに文禄《ぶんろく》・慶長の役《えき》など戦場で使われたためにほとんど残っておらぬのです。ましてや小龍太どののように二度も出合える武人は少のうございましょう。この一剣、大河内小龍太どのに相応しき豪壮にして澄み渡った佇《たたず》まいの刃かと存じます」

と鑑定家相良文吉の抑えた口調が却《かえ》って一同にその感動を伝えた。

「うーむ、高島東左衛門様はようも和国に留めてくれましたな。そして惜しげもなく小龍太さんに贈られた。なんとのう、江戸を離れていた間のふたりの働きぶりが察せられましたぞ」

と彦左衛門が言い、この言葉をきっかけに小龍太たちは宴の場に加わった。

この夜、北洲斎霊峰は船宿さがみの座敷ではなく、神田川の船着場に泊められた屋根船で四匹の猫と二匹の犬といっしょに休むという。宴の間は霊峰の飼い犬と飼い猫の世話をヒデとかよのふたりがしてくれていた。

宴が終わったのは夜半九つ（午前零時）近くであった。

江ノ浦屋彦左衛門は迎えの船が待っており、桜子と小龍太
「また明日会いましょうぞ」

と満足げな言葉を残して日本橋川へと戻っていった。

相良文吉とお琴は霊峰の船に行灯の灯りが点っているのを見て、
といっしょに船着場に下りた。

「東洲斎写楽師の弟子どのは船暮らしですか」

と住まいを兼ねた仕事場を見ながら文吉が呟いた。

明日、霊峰は五十数枚の素描画を選び出し、それを持って浅草寺門前の京表具
の老舗を訪ねて表装する作業の打ち合わせをなすことになっていた。

桜子らの気配を感じたか、犬が吠えて、霊峰が障子戸を開いて顔を覗《のぞ》かせた。

「おお、霊峰どのの眠りを邪魔しましたかな、申し訳ございません」

と小龍太が詫びると、

「いや、こんな宵は滅多にあるわけではなし、なんとのう休むのが勿体《もったい》ないと思
うておったのです。いや、面白い宴でした」

「はい、私どもも瞠目《どうもく》することばかりでした」

と文吉が言った。

宴の間中、酒好きの霊峰はちびちびと酒を口に含みながら、一同のやり取りを聞きつつもなにか思案しているようだと桜子も小龍太も感じていた。それがなにかまでは推量できなかった。

「霊峰さん、宴の場でなにか思案しておられませんでしたか」

と桜子が尋ねた。

「ほう、ひょろっぺ桜子はよう気がつくな」

「オランダ商館長の江戸参府の数多の素描画からどれを選ぶか、思案しておられましたか」

と北洲斎霊峰の役割を聞かされていた文吉が問うた。

「いや、そうではありませんでな。ひょろっぺが絵描きのコウレルが尊敬していたという大家の話をしましたな」

「フェルメールって絵描きさんのことね」

「おお、その御仁じゃ。今宵ほど絵とはいいな、と思うたことはない。百五十年も前のフェルメールという絵師の絵を敬愛する無名の絵描きがおってな、フェルメールの傑作、なんという名であったかな、ひょろっぺ」

「ああ、『真珠の耳飾りの少女』ね」

「おお、それそれ。無名の絵描きコウレルの気持ちがわしにはよう分かるのじゃ。敬愛する絵描きの傑作『真珠の耳飾りの少女』を超える絵を描きたいという気持ちがな。

そのコウレルの目の前に三つの桜子が現れる。神木三本桜の幹に額をつけて一心に祈る幼い娘を見かけて、あの『二枚の絵』を描いた。そして、描いた絵師が身罷ったあとに、描かれた娘がそれを知った。こんな話が歳月を超えて起きるのは、絵というもののゆえのことかなと感心したのだ。コウレルが幼い桜子を見かけて描いた気持ちが察せられてな、わしの心に沁みたのだ、酒の酔いと相まって、なんともよい宵であったわ」

「北洲斎霊峰さん、コウレルさんの気持ちを察せられるってどういうことかしら、もう少し私に説明して」

とお琴が言い出した。

「それはな、わしが東洲斎写楽の弟子でありながら、人を描くことなく景色なんぞにうつつを抜かしているからよ。つまりわしはどうやっても師匠の高みにはいきつけぬ。それでこんな屋根船で犬猫と暮らしながら風景を描いておるのよ」

と霊峰が自嘲するような返答をした。

「絵描き同士、コウレルさんの生き方や考え方に霊峰さんは自身を重ね合わせているのね」

　とお琴が言った。

「そうかもしれん。コウレルもわしも師匠の仕事に決して追いつけぬことを承知しておるのだ」

　と淡々とした口調で言った。

「北洲斎霊峰どの、コウレルは幼い桜子を描いたな。いまひとつ、父と娘の光景を、ほれ、あの柳橋の下を潜ってくる猪牙舟を描いた、『チョキ舟を漕ぐ父と娘』があったな。コウレルは師と仰ぐフェルメールを超えんとして挑んでいたのではないのか」

「小龍太さんや、いかにもさよう。されど、未だフェルメールの足元にも及ぶまい。遠いオランダの地でコウレルさんは失望して自裁したと話してくれたではないか」

「当人は身罷った。だが、霊峰どの、そなたが最前申したな。歳月を超えて絵は残る。絵が残りさえすれば、向後どのようなことが起きるか、だれにも推量できないのではないか」

と小龍太が言い切った。

北洲斎霊峰が黙り込んだ。

「素人が生意気なことを申したな。霊峰どの、最後にもうひとつ。明日、朝の光のなかで神木三本桜を見てみてくれぬか」

と願う小龍太の顔を桜子が見ていた。

「参ろうか」

と小龍太が三人に声をかけた。

四人は船宿さがみからさくら長屋に戻る途中、神木三本桜に立ち寄った。

常夜灯の灯りで紙垂が白く浮かんで見えた。

桜子はいつものように真ん中の老桜のごつごつとした幹に額をつけて祈った。

小龍太との祝言が無事に済むように、そして、「二枚の絵」の展示がどのような評価を受けるか、そんな不安な気持ちを三本桜に訴えた。と同時に小龍太が、

「コウレルは師と仰ぐフェルメールを超えんとして挑んでいたのではないか」

と霊峰に問うた言葉が気になっていた。

(小龍太さんは、本当はだれに宛てて言いたかったのでしょうか)

と桜子は神木に訴えた。が、三本桜からはなんの応答もなかった。

小龍太はさらに、

「明日、朝の光のなかで神木三本桜を見てみてくれぬか」

と霊峰に注文までつけていた。そのことも三本桜に伝えた。

(桜子、北洲斎霊峰がわれらの前に立つというか)

(霊峰さんが小龍太さんの注文を聞き入れるかどうか次第です)

(ではその折りに絵師の話を聞こうか)

桜子は胸のなかで首肯して幹から額を離した。すると三本桜の気配が桜子の胸のうちから消えた。

「桜子、何をお祈りしたの」

と幼馴染みが聞いた。

長い付き合いだが、かように直截な問いは初めてだった。

「祝言が無事に終わること、そして、『二枚の絵』が世間に受け入れられることのふたつを願ったわ」

「そう」

とお琴こと横山琴女が短く応じた。

お琴はその返答に満足していないことを桜子は察していた。

「桜子、われら、明日から『江戸あれこれ』の小三郎どのに長崎滞在の話を聞かれることになるな。長崎から江戸に戻ってさほど日にちは経っていない。にも拘《かか》わらず長い歳月が過ぎたようだ。そう思わぬか」

「いつになったら、わたし、猪牙舟の船頭に専心できるのかしら」

「分からぬ。だが、桜子、かような折りは目前のことを一つひとつ丁寧にこなしていかぬか。必ずや平穏な日々が戻ってこよう」

「そうね、一日も早く平穏な日々が戻ってくることを願うわ」

小龍太も桜子も自分たちが吐いた言葉を信じられないでいた。

第三章　江戸参府素描

一

翌朝のことだ。

絵描き北洲斎霊峰は大河内小龍太の言に従い神木三本桜の前に立っていた。

朝の光が大川の向こうから差し、老桜三本の風情を清らかに見せていた。紙垂が垂れた注連縄が巻かれた三本桜に霊峰は思わず拝礼していた。

そんな自分がおかしかった。なぜならば霊峰にとって樹木など絵の素材に過ぎぬと思っていたからだ。だが、そんな自分が三本桜に拝礼したのだ。

（そうか、コウレルに幼い桜子を描かせたのは神木の力か）

と考えた。

このことを小龍太は霊峰に知らしめたかったのか。

しばし桜子が十六年前に額をつけていた老桜の幹に手を触れて瞑目した。

霊峰の脳裏にひとつの考えが湧いた。小龍太はこのことまで察して、

(神木三本桜を朝の光で見よ)

と言ったのか。

そんなことを考えながら船宿さがみに戻った霊峰は、オランダ商館長の江戸参府の道中素描を二階の大広間にすべて広げた。素描の裏にはケンプエル医師のアトリエから持ち出す際に杏奈が書いてくれた長崎から江戸までの二百五十六枚の並び順があった。これを頼りにヒデを助手にして順番に並べたのだ。

霊峰は改めて見事な素描画であり、よくぞこんな量を描いたものだと感嘆した。

その素描画を幾たびか見廻した霊峰は、

「ヒデさんや、いくぞ」

と一枚目に長崎港と町の全景を選んでヒデに渡した。そのあとの霊峰の選択は実に素早かった。半刻後には江戸日本橋の風景まで六十枚を選び、裏打ちして枠張りをする日にちを考え、五十五枚と厳選し、密かに「江戸参府五十五次」と名付けた。

「よし、よかろう」

と独り言ちた霊峰が「江戸参府五十五次」を手に浅草寺門前に店を構えた京表具四条屋《しじようや》に出かけて行った。

そんな霊峰の慌ただしい行動に関心を寄せながら読売「江戸あれこれ」の書き方の小三郎は、さがみの屋根船のなかで小龍太と桜子と対座していた。女将の小春からはさがみの裏座敷を使うよう勧められたが、より秘密を守るためには屋根船のほうがよいと三人で決めたのだ。船のなかなら他人に邪魔されずに「長崎夢物語　異国放浪譚」の話を聞けるからだった。桜子の傍らには奇妙な形の風呂敷包みがひとつあった。小三郎が、

「今朝方、北洲斎霊峰が神木三本桜に拝礼しているところを見ましたぜ。あの酒好きの絵師になんぞ言い含めましたかえ」

と本題に入る前にふたりに尋ねると小龍太が、

「うむ、深い考えがあってのことではない。それがし、絵描きの考え方など分からんでな。師匠の東洲斎写楽に抗って人を描かず風景を描くことに拘《こだわ》る北洲斎霊峰どのには神仏への尊敬というか信心がないように見受けられてな、三つの折りの桜子とともにコウレルが描いた神木三本桜を一度見るべきだと思うてそう伝え

ただけだ」

「ほう、風景専門の霊峰絵師は、柳橋の神木を知りませんでしたか」

「それがしが昨夜の宴で尋ねた折りはこれまで縁がなかったと答えよったわ。どうやら神木などと崇め奉られる三本桜をわざと外していた風でもあったな」

「霊峰絵師はなにしろ師匠の東洲斎写楽に逆らうほどのへそ曲がりですからな、柳橋名物の神木にも立ち寄らなかったかな。若先生に促されて心変わりしたか、あるいは嫌々ながら見物に行ったか」

「余計なことをそれがし、為したかな」

「いや、三本桜が霊峰絵師の考えを変えたことは確かなようですぜ。これまでの霊峰さんと違い、なんとなくすっきりとした面持ちで素描画を選び出したとは思いませんか」

と小三郎が推量を交えて問うた。

「さあてな」

と首を捻った小龍太のほうから、

「霊峰絵師に倣《なら》い、われらも仕事を始めようか」

と促した。

「棒術師範は、北洲斎霊峰さんに続いて読売の書き方の尻を叩きますか」

「そういうことかのう。それにしてもなにゆえ『長崎夢物語　異国放浪譚』を続き物で書こうと思われましたな」

と小龍太が改めて問うた。

「おや、おれの役目に取って代わり、先《せん》の先《せん》で攻められますか。そうですね、最初は、ひょろっぺ桜子と棒術の若先生が不意に江戸から消えた曰くに関心を持ちましてな。だがね、江ノ浦屋の大旦那とこの一件を話してな、この行方《ゆきがた》知れずの背後にはどうやら公儀が絡《から》んでいて厄介《やっかい》らしいということが分かった。読売屋にとって公儀は一番面倒な相手です。

あれから一年半後に江戸に戻ったおふたりにはなにやら吹っ切れたような風情が見てとれた。そしてな、ご両人が肥前の長崎から異国へと旅をしてきたという風聞が聞こえてきた」

と小三郎が言葉を切り、たっぷりと間を置いた。

小龍太は小三郎にその先を催促するような真似《まね》はしなかった。桜子も両人のやり取りにただ耳を傾けていた。

ふたりの態度を確かめた小三郎が、

「久しぶりに会ったそなたらの顔には、相当な難所を乗り越えた覚悟が窺えた。こりゃ、公儀の禁制どころではない大きな体験をしてきたとおれは確信したね。異国への旅も噂の類《たぐい》ではない、おまえさん方ふたりならば経験していても不思議はねえと思ったのさ。改めて聞きますが異国の旅は真《まこと》のことですな」

「われら、読売の書き方の小三郎どのを信頼しておる。読売を売らんがためにでたらめなつくり話を書く御仁ではないとな。ゆえに異国を承知しておると返事をしたはずだ」

「おれにとってその言葉、いささか厄介でしてな」

「どういうことだな」

「おれはね、読売の本義は真を書くことだと思ってますのさ。だがね、書き方としては、それだけではつまらんとも考えてるんで。おまえさん方ふたりが異国を旅したのならば、なんとかこの話を江戸の人々に知らせる道はないかと思ったのさ。一回こっきりではなく、異国というところがどんなところか、どんな人々が住んでどのような暮らしをしているか、おれの筆で書きたいと思ったわけです」

「それで小三郎どのは、われらの異国での体験を長崎で見聞した夢物語として異国放浪譚を認《したた》めることを思いついた」

「そういうことですよ、小龍太さん、ひょろっぺ桜子」

改めて小三郎の言い分を聞いた小龍太が最前からひと言も発しない桜子を見た。

「ゆえにわたしども三人は今、屋根船にて対面しておりましょう」

と桜子が言い切り、

「あり難《がて》え」

と小三郎が答え、

「となるとどこから切り出すか」

としばし間を置き、やがて口を開いた。

「ひょろっぺ、小龍太さんや、おれは異国どころか長崎も知らねえ。こいつは『江戸あれこれ』の読み手と同じ頭の中身だ。そんなおれに異国とはどんなところだと聞かれたら、おまえさん方ふたりはどう答えなさるな」

と小三郎が桜子を見た。

桜子が屋根船に持参した風呂敷を黙って解き始めた。

長崎を出る折り、長崎会所の総町年寄の高島東左衛門や姪でオランダ通詞の杏奈や交易帆船の船団長《カピタン》リュウジロから異国交易の思い出に頂戴した品々が入っていた。

桜子がまず小三郎の前に提示したのは、桜子と小龍太が長崎に向かう上海丸のなかで杏奈から見せられた地球儀だった。

「ただ今の小三郎さんと同じくらい異国を知らなかったわたしたちに異国への同行者の女性《にょしょう》、通詞の杏奈が見せてくれた地球儀というものよ。わたしたちはこの地が丸いなんて知りもしなかった。そんなふたりにこの地球儀を見せて和国日本やオランダや天竺がどこにあるかを教えてくれたの。いいこと、わたしたちの生まれた和国は、このちっぽけな島の集まり、そして江戸はこの辺ね」

と簪《かんざし》を抜くとその先で地球儀の一角を示した。

この簪も杏奈が別れ際に桜子に贈ってくれたものだ。

だが、小三郎はなにがなんだか分からないようで簪の先で示された「江戸」を見ていたが無言だった。

「西国の九州はこの島、肥前長崎はこの辺よ。小三郎さん、分かった」

と質された小三郎は沈黙を続けていた。まさかかような展開になるなど夢想もしなかった風だった。

「先に進むわね。長崎から外海に出て、この大きな陸地を遠く望みながら二泊三日の船旅の末に唐人の国、ただ今の清国《しんこく》があるの。ここに長い長い一本の線が描いてあるでしょ。これが長江《ちょうこう》とか河口では揚子江《ようすこう》と呼ばれる大河よ。この河口の幅はどれほどあると思う、推量してみて、小三郎さん」

「さあな、大川は河口の永代橋のあたりで百三十余間か。となると唐人の国の大河の幅は三、四百間もあるか」

「揚子江の河幅は対岸がかすんで見える十里もあるの、信じられる」

小三郎が首を激しく横に振った。

「長崎会所の持ち船の帆船長崎一丸の船上から長江の河口を見て言葉を失ったわ。河口の幅が十里ならば、長江の長さはおよそ千六百里もある」

「そんなことがあるものか」

「いや、あるのだ」

と小龍太が言い、

「長崎からの交易船は長江を遡って最初の交易地上海河港に着いた。それがここよ」

と桜子の簪が清国上海を差した。

小三郎は沈黙した。

桜子と小龍太は実際の河口を見、ガリオタ型帆船長崎一丸でその河を遡ったのだ。だが、小三郎はちっぽけな地球儀の一点を差されて、河口の幅が十里と言われてもどう考えていいのか分からないのか、無言だった。

「わたしたちの『長崎夢物語　異国放浪譚』を書く気ならば和国の物差しは捨てること。分かった、小三郎さん」

桜子の険しい口調に小三郎は無言のまま頷いた。

「わたしたちの交易帆船は唐人の国を遠くに眺めながら外海を南に下がりつついろいろな国の港に寄り、交易を繰り返した。長崎のオランダ商館の本国は遠くヨーロッパなる地にあるの。そんなオランダ人が本国を出て長崎に到着するまで一気に帆船で走っても半年かかるそうよ。わたしたちが、オランダが本国から長崎までの立ち寄り港にしているバタビア（ジャカルタ）に到着したのは、小龍太さん、長崎から何日目だったかしら」

「ひと月後かのう」

「それくらいはかかったわね。わたし、交易船に加わって毎日、杏奈から貰った帳面にその日の出来事を短く書き留めてきたから、正しい日数が入用ならばあとで調べてみるわ」

「桜子さん、おまえさん方、オランダなる国までは行ったわけではあるまいな」

「もし行ったとしたら、未だどこか異国の地を彷徨《さまよ》っているはずよ。わたしたちが行った一番遠い地は天竺のカルカッタ、このインドの大海の奥、ベンガルにある河湊までよ」

「うーむ」

と地球儀を差されて小三郎が呻いた。

「小三郎さん、『長崎夢物語　異国放浪譚』は、たった三日やそこらでは話せないし、書けないわよ」

小三郎は地球儀をただ凝視し、

「長崎から天竺まで行くのに幾月もかかるってことか」

「そういうこと。わたしと小龍太さんが江戸を留守にした大半の月日は異国にいたわ。それでも地球なる丸い地のごくごく一部しか旅していない。小三郎さん、これが『長崎夢物語　異国放浪譚』の大本《おおもと》よ」

「わ、分かった」

と答えた小三郎に、カピタン・リュウジロがくれたオランダの交易船団が常備する絵図を小龍太が広げて見せた。

「おお、こちらのほうがいくらか馴染みがある。これらの島が和国だな」

「そうよ、江戸がここ、そして長崎はこの地よ」

「そして、おふたりが最初に辿りついた長江河口にあるという河港の上海はここか」

と指差した。

「そう、そうよ。長崎からおよそ二百里、江戸から長崎までの海路のおよそ半分と思って。その里程を四隻の交易船は二泊三日で航海したの」

「弁才船ではひと月以上かからぬか。魂消たな」

「小三郎さんや、この、徳川様が支配する和国は異国から大きく立ち遅れていると思わぬか」

「異国との交際を絶つ道を選んだ公儀の策のせいか」

「一概に言い切れぬが、関わりはあろうな。そのことをただ一箇所、異国との交易を許された長崎の有り様《よう》が教えておるのだ」

「ご両人、長崎は江戸とは大いに異なると聞いた。オランダ商館との付き合いがあるからか」

「小三郎さん、長崎の出島という小さな築島に暮らしているのは、オランダ人とは限らないの。エゲレス人、フランス人、プロイセン人、アメリカ人、南蛮人《なんばんじん》のイスパニア人、ポルトガル人などいろんな異人たちが暮らしていたわ。むろん長崎奉行も代官もそのことを承知している。そのうえでオランダ国の商館として付き合っているのよ。そのほうがうま味があるからよ」

「うま味とはなんだな」

「例えば江戸から長崎に遣わされた長崎奉行は無事に勤めあげると三代は潤うほど儲けがあるというの。でも出島を公儀の言うとおりオランダ人だけの商館に正したとしたら、交易の高は大いに減ずるそうよ、むろん長崎奉行の懐には三代が潤うほどの金子は入ってこない。交易だけではないわ、医術などの進んだ学問も長崎に入ってこないかもしれないわ。オランダ商館にとっても長崎にとっても、江戸が命じることを守らないほうが、お互いの懐が潤うということよ」

　小三郎がしばし沈思した。

「江戸の政《まつりごと》には、本音と建て前があることはおれたち読売屋はとくと承知しておりますよ。こたびの『長崎夢物語　異国放浪譚』だって公儀が乗り出してくるような長崎の方便、オランダ人の虚言に触れることはできんでしょう」

「どうするの、小三郎さん」

　と桜子が笑みの顔で質した。

「とことん夢物語で押し通すしかないでしょうね。ご両人から実際に見聞体験した話を聞いて、それをいかに面白おかしいつくり話として仕上げるか」

「小三郎さんの腕の見せ所ね」

「まあ、そういうことだな。ただ、最初に売り出そうと思っているのは、夢物語を大きく超えた話でね。この話が一番手として『江戸あれこれ』に載って、さあどうなるか、『長崎夢物語　異国放浪譚』が続き物として成るかどうかはこの一番手の話にかかっていますのさ」

「小三郎さんや、夢物語を大きく超えた一番手の話とはなんだな」

と小龍太が質した。

小三郎がその問いには答えず桜子を見た。

「そうか、『花びらを纏った娘』の裏話か」

「そういうことさ。それともう一枚の『チョキ舟を漕ぐ父と娘』は、描かれた当人がこの江戸に、いやさ、柳橋に暮らしており、ひょろっぺ桜子として知られた人気女船頭ときた。必ず読み手が食いついて、『江戸あれこれ』は大売れしますぜ。この勢いが『長崎夢物語　異国放浪譚』に繋《つな》がらないはずはねえ」

と小三郎が言い切った。

「となると、わたしが一日も早く女船頭に戻ることが大事みたい」

「どうやらそのようですな」

「わたし、明日から船頭に戻るわ」

「ああ、そうしてくだせえ。おれは『二枚の絵』の裏話を思案してみます」

と言った小三郎が、

「おれにとってあり難いのは実際に『二枚の絵』があるということなんです。北洲斎霊峰絵師が素描画にどんな表装をしてあの『二枚の絵』まで客を導いてくれるか、ここまでくれば、しめたものだ。必ず『二枚の絵』と裏話が響き合ってうちの読売は売れに売れよう。そのうえ、船宿さがみの本業に差し支えるほど絵の人気が出て、評判になりますぜ」

と請け合った。

「お互いの立場は分かったわ。わたしはしっかりと女船頭を務めます」

と桜子が告げた。

二

翌早朝、北洲斎霊峰の姿はふたたび神木三本桜の前にあった。

老いた桜を未明の薄明かりがかすかに浮かび上がらせ、ごつごつとした木肌は長い歳月を感じさせた。

そんな幹に霊峰は触れ続けた。

そうするうちに近くのさくら長屋から乾いた音が響いてきた。

さくら長屋に住む桜子と小龍太のふたりが棒術の稽古を始め、六尺棒で打ち合う音だった。

霊峰絵師は片手を三本桜に預けたまま、稽古の音に耳を傾けた。

両人が交互に攻め、払う棒がぶつかり合う律動的な音を聞いていた霊峰は三本桜を離れ、さがみ富士とも呼ばれる富士塚に登ってさくら長屋の庭を見下ろした。

稽古着姿の両人が六尺棒を揮って稽古に没頭していた。

霊峰は富士塚の頂《いただき》に座り込むと懐の画帳と腰の矢立《やたて》を取り出してふたりの稽古の模様を写生し始めた。

神木三本桜が静ならば両人の稽古には動が感じられた。長い歳月、師弟として稽古し合った者同士の信頼があった。その攻守が発する二本の棒の音が心地よかった。

稽古は一刻ほど続いて止《や》み、長屋に戻ったふたりは湯屋に行くのか、手拭《てぬぐ》いや着替えを手にふたたび姿を見せた。

ふたりは霊峰がさがみ富士の頂にいることを察していた。だが、互いに声を掛け合うことはしなかった。

新しい一日が桜子の前にあった。女船頭が柳橋に戻ってきたのだ。ふたりが最前まで稽古をしていたさくら長屋の庭に光が差し込んできた。

「朝の光で神木三本桜を見よ」

と勧めた小龍太が向後なにをなすつもりか霊峰は知らなかった。だが、もはや棒術を教授する生き方は選ぶまいと思われた。これまで長年修行してきた棒術をなにかに役立てて生きようとしているのかもしれない。だが、なにをなす心算《つもり》かそれが分からなかった。

ふと、思った。

大河内小龍太自身も向後の生き方を迷っているのではないか。それゆえ「朝の光で神木三本桜を見よ」などと言ったのではないか。

画帳と筆を仕舞うと両人が向かった吉川町の表之湯に足を向けた。湯銭を支払い、腰に挟み込んでいる手拭いを手に脱衣場に上がった。古びた屋根船で暮らす霊峰は、江戸のあちらこちらの湯屋を承知していた。

朝六つ（午前六時）の頃合いの表之湯の湯船にこの界隈の隠居と思しき年寄りがふたり浸かり、少し離れたところに小龍太が独り両眼を閉じて入っていた。その傍らに霊峰は身を沈めた。

両人はしばし無言で湯に浸かっていた。

「そなたの忠言を受け入れて朝の光のなかで神木三本桜を見たぞ」

「見ただけですかな、北洲斎霊峰絵師」

「幼い桜子が額をつけていた老桜の木肌に触れてみた。わしには神仏を敬い、尊ぶ気持ちはないと思うて生きてきた。が、三本桜の木肌を触っておると、その昔、コウレルなるオランダ人の絵描きが三本桜と桜子を描いた気持ちが察せられたのだ」

「ほう、それは、それは」

「そなたもわしに言うだけではのうて、自ら三本桜に問うてみてはどうかな」

霊峰の言葉に小龍太が眼を見開いて絵師を見た。

「そうか、それがしが迷うておること、気付かれたか」

「おう、そなたは物心ついて以来棒術とともに生きてきた。最初は爺様の大河内立秋師より習い、後には門弟衆を教えるようになった。なかなかの腕前とだれもが認めているそうな。だが、得意の棒術に迷いが生じたのではないか、異国を旅して己の棒術はなんのためにあるのか迷っておるのではないか。ゆえにわしを唆《そそのか》すような真似をした」

「かもしれん」

「そなたの齢からいって棒術とともに歩んできたのは二十年余か」

「そうだな、そんな歳月、棒術に支えられてきたのか。異国を見たせいでそれがしの考えが変わったのかもしれん」

「そなたと桜子さんのふたりが稽古をしているところを見せてもろうた。ひょろっぺ桜子はなんの疑心もなく棒を揮っておったわ」

「それがしの棒術には雑念が見られたか」

「素人のわしにはそう見えた」

「ほう」

とだけ小龍太は返し、呻いた。

「桜子とそれがしの違いはなんだな」

「ひょろっぺは棒術にも船頭の仕事にも小指の先ほども疑いを持っておらぬ。信じておるわ」

「信じるとはなんだ」

「幼きころからの願いに向かって無心に生きておるということよ。そんなひょろっぺ相手ゆえそなたも遠慮なく棒を揮えたのではないか。桜子さんに棒術を教えたのはそなたであろう。技量はそなたがはるかに上かもしれん。だが、そなたにはなんのための棒術かという疑いの気持ちが生じたのではないかとわしには思われた、違うか」

「分からん。そなたのいうことが分からん」

と小龍太は答えていた。

「わしは絵に、そなたは棒術に迷いを生じさせておるゆえ、わしにはそなたの心根が察せられた、いや、互いの心の迷いを察し合ったのだ、これで満足か」

小龍太は年齢が倍も上の絵師の言葉であっても信じたくはなかった。拒絶しようと胸のなかで試みた。だが、拒み切れなかった。

「桜子のように一途に生きるにはどうすればよい」

「そなたはわしに、朝の光のなかで神木三本桜を見よというたな。そなたはひょろっぺの誘いなしに自らあの老桜に向き合い、祈念したことがあるか」

霊峰の問いに小龍太は、はっ、とさせられた。

これまで幾たび神木三本桜の前に立ったことか。しかし、三本桜に額をつけて祈る桜子を背後から見守りながら拝礼するのが常だった。その行動を、

（自分も三本桜に拝礼している）

と思い込んでいただけではないか。

確かに霊峰絵師が指摘するように、己の考えで老桜に向き合ったことなど一度としてなかったのかもしれない。

「それがし、常に桜子の師範と思うてきた。だが、かような迷いがあるようでは師とは言えまいな」

「おお、小龍太さんと桜子さんは生涯運命《さだめ》をともにする同士であり、伴侶《はんりょ》であろう。相手から学び合え」

と霊峰が言い切った。

「分かった、霊峰絵師」

と返事をした小龍太が、

「先に上がらせてもらう」

と言った。

洗い場へと柘榴口《ざくろぐち》を潜る小龍太の逞《たくま》しい背中を見送った北洲斎霊峰は、

(さあて、わしにコウレルの真似が出来ようか)

と無言裡《り》に己へ問うた。

オランダに帰国して自裁したという絵描きの声が胸に響いた。

(絵描きが迷うた折りは絵を描くしかあるまい)

(いかにもさよう。だが、わしは己の絵に疑念を抱いておるのだ)

(若い棒術家に教え諭《さと》したではないか)

(コウレル絵師、そなた、絵に失望して自裁したではないか)

(違う)

と遠い地からコウレルが言い切った。

(どこがどう違うのだ)

(私は絵に失望したのではない。一世一代の大仕事がオランダで評価されなかったゆえ命を絶ったのだ)

（絵には失望しておらぬのか）

（私が描いた『花びらを纏った娘』と『チョキ舟を漕ぐ父と娘』、あの絵のなかのサクラコは清純で美しいと思わぬか）

（おお、傑作よ。見事な絵よ。だが、それを知るそなたは自裁して果てた）

（人間とは愚かなものよ、ただ今のそなたのようにな。身を滅ぼして初めてあの『二枚の絵』の真の価値《あたい》が分かったのだ）

（わしはそなたの『二枚の絵』を見て己を見失ったのかもしれん）

（絵描きが迷うた折りは頭で考えていてもなんの解決にもならぬ。ただひたすら絵を描け）

と言った声を最後に異人絵師の気配が消えた。

小龍太は出戻りの女船頭桜子が深川の木場に向かうという最初の客を乗せて柳橋を潜って大川へと出ていく模様を船宿さがみの船着場から見送った。

「桜子さんは船頭姿が似合うな」

江ノ浦屋から贈られた仕事着姿の桜子を見てそう言ったのはヒデだ。

「物心ついた折りには猪牙に乗っていた桜子ゆえ、ぴたりと嵌《はま》っているな」

「おお、おれは猪牙に乗せてもらって櫓を漕いでいるがよ、桜子さんのように猪牙と漕ぎ手がぴたりと収まるようになるには何十年もかかりそうだ」

「猪牙と漕ぎ手が一体となるにはその程度の修業の歳月が要ろう。さて、それがしも己の仕事を見つけに参ろうか」

「棒術の道場探しか、この界隈は道場に向くような空家はない、あっても店賃《たなちん》が高いと親方が言っていたぜ。おれがいた川向こうならば少しは安かろうが、棒術を習いたい人間なんていねえ」

「まずいないだろうな」

「どうするよ、小龍太さん」

「とりあえずは仕事の相談だな」

「おれが送っていこうか」

「いや、仕事探しの浪人者が猪牙舟でもあるまい。徒歩で参る」

と言い残した小龍太は柳橋から両国西広小路《りょうごくにしひろこうじ》に向かって歩き去った。

半刻後、小龍太が訪ねた先は魚河岸の江ノ浦屋彦左衛門のお店だった。

「昨日中に参られるかと思うておりましたがな」

「小三郎さんの例の聞き取りがありましたゆえ、本日になり申した。失礼をお詫びします」

「非礼ではございませんよ。で、私が過日申したことをお考えなされましたかな」

「はい。ただし江ノ浦屋の大旦那どのの仕事とやらが今ひとつ判然としませんでな。こちらの仕事の助勢ではございませんな」

「魚河岸の商いは私の」

「表のお顔」

「いかにもさよう。で、私の裏の顔がお分かりにならない」

「長崎からわれらが運んできた異国の品々を江戸でお売りになることかと推量はつきましたが、その商いの手伝いでございましょうかな」

「先日も申しましたが、あの品々はすでに私の手元には残っておりません」

「お売りになった。となると莫大な取引かと存じます」

「売ってはおりませぬ。一文の利もありませぬ」

「なんとそれでは大損ですか」

「いえ、商いは目に見える取引だけでは大した儲けにはならぬものです。あの品々と申しても小龍太様は中身を承知ではありますまいな」

「存じませぬ」

「私が長崎会所に支払った金子は千二百五十両です。あの品々を江戸にて売り払えば少なくとも倍にはなりましょうな」

「さような品々をどうなされました」

「私にこれから付き合《お》うてくれませぬか。ひと晩泊まりになりまする。桜子には私が使いを出して知らせておきますでな」

小龍太は魚河岸の船着場に舫われていた二丁櫓の帆船に乗った。この二丁櫓、一見和船に見えて異人の帆船造りのようだった。なぜなら帆柱が胴の間に倒されてありその下に船室があったからだ。

早船は江戸橋《えどばし》を潜り、楓川《かえでがわ》に入ってすぐの北側にある海賊橋《かいぞくばし》の袂《たもと》で止まった。

「こちらはそなたに見せておきたい屋敷でしてな、土蔵造りの荷蔵です。私が二年ほど前に手に入れました」

坂本町《さかもとちょう》二丁目に上がった彦左衛門は片番所付きの門の通用口を開けると敷地のなかに案内した。

小龍太はこの屋敷がかつてなんのために使われていたか見当もつかなかった。

敷地の広さは三百数十坪ほどか、土蔵造りと称した建物は外観から見て、七、八十坪はあろう。そして、別棟が一棟あった。

彦左衛門に案内されて敷台から上がると高い天井としっかりとした板張りの床が広がっていた。

「立派な建物ですな。昔はなんに使われていたものでしょうか」

「ここは以前は柳生藩《やぎゆう》柳生備前守《びぜんのかみ》様の屋敷であったそうな。ところが享保《きようほう》六年（一七二一）の火事に類焼して柳生藩は他所《よそ》に移られましてな。そのあと、御用地として召《め》し上げられ、植溜《うえだめ》として使われておりましたが、住人の願いにより上納地として使用が許されました。今から七十年ほど前のことです。私が手に入れた折りは味噌蔵として使われておりましたので、かように床を張ってみました」

と言った彦左衛門は床板を足袋裸足《たびはだし》でトントンと踏んだが床はびくともしなかった。

「小龍太様が棒術の道場をなさるならばお貸ししてもよいと思うておりましたが、もはや棒術道場は要らぬと申される。念のためお聞きしますが、そのお気持ちに変わりはございませんかな」

「江ノ浦屋の大旦那どの、棒術道場を開くつもりはそれがしにはございません」

「得心《とくしん》いたしました」

と彦左衛門が言った。

「いえね、敷地の一部は未だ御用地だったのですが、あれこれとあって、ただ今ではこの土地はすべて私のものにございますよ」

「日本橋川を挟《はさ》んで魚河岸の近く、商いを為すには絶好の土地ではございませんかな」

「いかにもさようです」

「よしんば棒術道場や剣道場として貸しても大した家賃は見込めますまい。やはり江ノ浦屋の大旦那どのの商いに使われたほうが利は上がりましょう」

小龍太の言葉にうんうんと彦左衛門が頷き、

「商いもある、この建物もある。ただし、私にはうってつけの人材が足りません」

と言った。

小龍太はその問いには答えられなかった。なんとなく本日の一晩泊まりの用事と関わりがあるような気がしたからだ。

「さて、船に戻りますか」

と彦左衛門が言い、小龍太が従って海賊橋の袂の早船に戻った。すると彦左衛門が船室に小龍太を誘った。天井は低いがふたりが向き合って座すには十分な広さがあった。

ふたり船頭が土蔵造りの建物から戻ってきたところを見ると、蔵屋敷の戸締まりをしていたようだった。

「お待たせ申しました」

と声がかかり、屋根船は楓川を南へと進んでいった。

「最前の屋敷ですがな、長崎から仕入れた異国の品を入れておく場所として使おうと思います」

「土蔵造りですので、界隈が火事になっても類焼はしますまい」

「はい、私もさように思います」

と言った彦左衛門が、

「過日、私が願った一件ですが、お考え頂けましたかな」

「江ノ浦屋の大旦那どのの裏商いを手伝わぬかとの誘いにございますな」

「さようです」

「念を押すこともございませんが、それがし、棒術を使う武術家に過ぎませぬ。

商いは」

「存じませぬと答えられますかな。異国交易を一年以上も見てきた和人はそうはおりませんよ」

「江ノ浦屋の大旦那どのは異国交易のような商いを始められますか」

「ただ今の江戸は、他国からの品が不足しておりますな。異国から直に仕入れることが出来れば、いくらでも捌くことができます」

「公儀はなにも申しませぬか」

「私どもは長崎を通した品として捌く心算はありませぬ」

と言った江ノ浦屋彦左衛門の言葉を小龍太は熟慮した。

「長崎会所の江戸店《だな》としてあの蔵屋敷を使われますか」

「いえ、ゆくゆくは長崎会所と対等の江戸会所として営みとうございます」

と彦左衛門が言い切った。

小龍太は、魚河岸で鯛を扱い、城中に代々強いつながりを持つ江ノ浦屋の人脈を使い、江戸会所を企てているのかと思案した。そしてふいに、彦左衛門が先ほどの土地をすべて手に入れることができた理由に合点がいった。

「われらが運んできた異国の品々は城中の然るべきお相手に贈られましたか」

「いかにもさようです。大奥の女衆は異国の品を欲しておられます。珍しい飾りものや衣装ならば高価な品でもお買い求めになります。また江戸の老舗では常に客を呼べる品を求めておいでです」

と言ったとき、屋根船が大川河口に出たか、揺れた。

「大河内小龍太様、公儀の禁令は早晩有名無実になります。いいですか、異国に江戸会所の船を出し、長崎会所を通さずに仕入れ、和国の品を売り出す商いの仕組みを一刻《いっこく》も早く造った商人のみが生き残るのです。どうですな、この企て」

と江ノ浦屋の大旦那が小龍太を見て質した。

三

佃島沖に出た早船に帆柱が立てられ、三角帆が張られた。櫓から帆走に移り、風をとらえた船は江戸の内海の中ほどをゆったりと南下していた。

「彦左衛門どの、この異船はどこぞで造られましたか」

「長崎の造船場で造らせたものです。帆柱を倒せば一見和船に見えないこともない。江戸府内の川から内海に出れば帆走できるように帆柱を立てます。弁才船の大きさにすれば五百石ほどですが船底に舳先から艫まで竜骨《りゆうこつ》と称する材が通っていましてな、大和式の板張りとは異なり頑丈です。またかように船室があって帆柱に帆を張れば外海航海もできます。長崎では南蛮小帆船と呼ばれておるそうです」

との彦左衛門の説明に、南蛮小帆船の軽やかな走行と船頭ふたりの操船ぶりを小龍太は確かめた。

痩身《そうしん》の福江島《ふくえじま》の新左《しんざ》が舵《かじ》を握り、もうひとりの茂木《もぎ》の瀬之助《せのすけ》が三角の縦帆を帆綱で軽妙に操っていた。

ふたりとも手際がよくなかなかの熟練ぶりだ。小龍太は異国交易で出合った、船足の速いイスパニアの三檣《さんしよう》帆船を思い浮かべていた。

「大和式の弁才船は堅牢《けんろう》さにおいても船足においても南蛮式帆船に敵《かな》いませんでな。かようなことは、異国交易を経験した小龍太さんには言わずもがなの話ですな」

「この南蛮小帆船に名はありますかな」

「便宜上、ながとも丸と呼んでおります」

「ながとも丸ですか」

「江戸の内海から浦賀《うらが》の瀬戸に入る岬の一角に土地の住人がながともと呼ぶ入江《いりえ》がございます。この入江を江戸と長崎を結ぶ足場にしようと考えておりますでな、差し当たって仮の名ですよ」

彦左衛門はすでに信頼する商い仲間として小龍太を遇し始めていた。

だが、小龍太はそのことに自分から触れることはしなかった。

彦左衛門が一泊二日で見せようとする「裏の顔」をすべて見てからでも遅くはあるまいと考えていたからだ。またこの一件は桜子も知った上で得心することが前提だった。されど桜子もまたこの江ノ浦屋の誘いから逃れる術《すべ》はなかろうとも小龍太は思っていた。

ながとも丸が対岸の富津《ふっつ》岬が望める海域に入ったとき、新左と瀬之助が一見して狭くて複雑な地形と分かる入江へと方向を転じさせた。ふたりの操船ぶりからはながともと呼ばれる入江を熟知していることが分かった。

佃島沖から一刻ほどかかったか。

ながとも丸の帆が下ろされ、二丁櫓に変わっていた。ふたりが扱う櫓も和船の櫓ではなく異船の櫂《かい》だった。

小龍太は船室からながとも丸の甲板に出て、入江の両岸を見た。

入り口こそ幅四、五十間と狭かったが入江を右に左に折れ曲がりながら進むと穏やかな内海に出た。その内海を岩山が衝立《ついたて》のように囲んでいた。

「ながともの入江です。この入江の突き当たりの浜から岬を西に進めば、相模《さがみ》の内海に出られます」

彦左衛門が言ったとき、銃声が一発響いた。

船頭も彦左衛門も平然としているところを見ると、ながとも丸が入江に入ってきた合図だろうかと小龍太は思った。

しばしの静寂のあと、複数の緊迫した銃撃音が響きわたった。

船頭ふたりの櫂の動きが緊急事態を告げるかのように早まった。

小龍太は、同田貫上野介の大刀を摑むと帯に差し込んだ。

「ながともの隠し湊には雇い人がおられましょうな」

「はい、六人が隠し湊の留守番をしております」

と答えた江ノ浦屋彦左衛門は手に剣付きの鉄砲を持っていた。船室の一角に武器庫があるのだろう。

「小龍太さんは鉄砲を扱ったことはありますかな」

「幾たびか海賊どもに襲われましたでな、操い方はおよそ承知です」

「ならばこのエゲレス渡りの鉄砲を渡しておきます」

彦左衛門が小龍太に差し出し、小龍太は久しぶりに剣付き鉄砲を手にした。彦左衛門の前帯には短筒《たんづつ》が差し込まれていた。

入江の奥はながとも丸から見えなかった。入江が複雑に蛇行しているからだ。新たな銃撃戦の緊張が伝わってきたとき、ながとも丸の舳先に立った小龍太の視界に隠し湊が見えてきた。かなり大きな家が建っている。網元の屋敷と作業場、あるいは網小屋を兼ねた建物などか、と小龍太は推量した。

「小龍太様、右手の屋敷の前にいるのがわが手下でございましてな。左手の鉄砲やら槍、刀を構えた連中は相模の内海に面した森戸《もりと》の浜を根城《ねじろ》にした海賊もどきの輩《やから》でしょう。こやつらの所業は聞いておりましたが、まさかうちの隠し湊にまで入り込むとは」

と驚きの言葉を吐いたが彦左衛門の口調は平静だった。

海賊もどきの輩は隠し湊の者たちの倍の人数だった。

だが、隠し湊の面々は剣付き鉄砲を全員が所持しており、先頭の二人組が銃を発射し、二の組が一の組のあとに銃を構え、三の組は二の組の射撃を待っていた。この間に一の組は発射した銃に銃弾と火薬を装塡《そうてん》して、次の射撃の仕度をなすのだ。

このやり方は交易船団の水夫たちが海戦で見せた戦い方だった。六人がてんでんばらばらに射撃を行うより効率がよく、敵方につけ入る隙《すき》を与えなかった。

小龍太は長崎会所の交易船団の航海でも有用な射撃法だったと覚えていた。長崎会所に抗して江戸会所の創業を目指す江ノ浦屋彦左衛門は、これらの射撃法や戦い方を承知の者を雇っていたのか。あるいは採用したのち、習得させたものか。

一方、海賊もどきの所業を為すというやつばらは、衆を頼んで強引に隠し湊を攻め落とそうとしていた。

舳先に立った小龍太はながとも丸が戦いの場の浜まで半丁と迫ったとき、剣付き鉄砲を構えた。その傍らにふたり船頭のひとり、茂木の瀬之助が、

「大河内様、ご免なされ」

と言って立った。

小太りの瀬之助は鉄砲というより大筒と呼ぶにふさわしい筒先の太い飛び道具を両手に抱えていた。

小龍太が初めて見る武器だった。

「なんとも凄い得物《えもの》かな、なんですか、それは」

「一貫目玉は船戦《ふないくさ》に結構使えましてな、弁才船の横腹に命中すると船は動けなくなりますぞ。あやつら、この抱大筒《かかえのおおづつ》の威力を知りますまい。一発お見舞いして驚かせますか」

と言ったとき、もうひとりの船頭、福江島の新左が遠くまで甲高《かんだか》い音が届く笛を吹きながら停船作業を始めた。すると笛音を聞いた隠し湊の面々が射撃を止めて、するすると建物の陰に後退していった。

「よし、大河内様、甲板に下りてしゃがみ、両耳を掌でしっかりと塞《ふさ》いでおいてくだされよ」

という茂木の瀬之助の両耳には耳栓がされていた。

「あやつらに当たれば大けがをせぬか」

「なあに、脅《おど》かすだけです。相模灘《なだ》あたりの海賊もどき、殺すまでもありますまい」

瀬之助がながとも丸の舳先に片膝をつき、腰を安定させると、抱大筒の筒口を海賊どもの上方に差しかかっている松の大木の幹に向けて引き金を引いた。

小龍太は瀬之助の命《めい》どおりに剣付き鉄砲を甲板に置いて両手で耳を塞いでいた。

それでも、

「どーん」

という砲声は耳に堪《こた》えた。

次の瞬間、一貫目玉が松に当たったか、その下から悲鳴が上がった。

小龍太が立ち上がって見ると、松の幹が折れて今まさに海賊どもに倒れかかろうとしていた。

「大筒じゃぞ。に、逃げろ」

「引き上げじゃ」

「かような話は聞いておらんぞ」

などと言い合いながら海賊一統が必死で山へと逃げ込んでいった。そこへゆっくりと松が倒れてきて、浜に砂塵《さじん》を巻き上げた。

「見事じゃぞ。茂木の瀬之助どの」

「初めて撃ってみましたが、なかなかのものですな、この大筒は」

と瀬之助が言い、帆を下ろしたながとも丸の舳先が隠し湊の砂浜に乗り上げていった。

「お頭《かしら》、お帰りなされ」

と留守番方の頭分と思しき男衆《おとこし》が江ノ浦屋彦左衛門に声をかけた。手には未だ剣付き鉄砲を抱えていた。

南蛮小帆船を下りた彦左衛門は、六人の手下に、

「よう守りましたな」

「数日前からちらちらと姿を見せておりましたでな、かような騒ぎは見越しておりました」

と留守番方が応じた。

「丙左衛門《へいざえもん》、大河内小龍太様を紹介しておこう。お若いがな、小龍太様は異国を承知です。というのも長崎会所の交易船に乗り込み、唐人の国の上海を始め、バタビア、シャム（タイ）、さらには天竺のカルカッタまで同行されたからです」

「おお、オランダ商館と組んだ四隻の交易船にお侍と娘さんが乗船しているとは聞いておりましたが、このお方でしたか。わしがその企てを知った時にはすでに外海へ出ておりましたと。ぜひ加わりとうございましたな」

とうらやましげに小龍太に会釈して手を差し出した。

異人同士が出会ったときの挨拶だ。

小龍太も丙左衛門の武骨な手を受け止めると握り返した。

隠し湊の留守番方の丙左衛門は三十四、五歳か。落ち着いた言動から見て異国船に乗り組んだこともありそうな人物だった。

「丙左衛門、早晩私どもも交易帆船を異国へ差し向ける。その折りはな、この大河内小龍太様に指揮をとってほしいと思うておる」

と彦左衛門は小龍太の立場にまで言い及んだ。

「もっともご当人からまだ返答は貰っておらぬがな。なんとしてもこの隠し湊を足がかりにした異国交易の長《おさ》を務めてほしいと思うておるのだ。そなたからも願ってくれませんかな」

「へえ、異国交易を体験しておられる和人は長崎にもそうおられますまい。大河内様はお武家様ですな」

「おお、言い忘れたが小龍太様は棒術の遣い手でな、そのうち、そなたらも棒術を習いなされ。海戦の折りに役立ちましょうでな」

と言い添えた彦左衛門が、

「このながともの入江を丙左衛門に案内《あない》させましょう」

と小龍太に向かって言った。

「願えますかな、丙左衛門どの」

「へえ、案内方を務めさせてもらいましょう。まずは最前の海賊もどきらがやってきた岩山の頂からながともの入江の全景を見てくれんですか」

と先に立った。訛りがあるところを見ると長崎人か。

小龍太は剣付き鉄砲を彦左衛門に返すと腰の大刀はそのままに丙左衛門に従った。

「大河内様は江戸のお方ですと」

と丙左衛門が後ろに従う小龍太に質した。

「いかにもさようです」

と受けた小龍太は、直参旗本の次男坊で香取流棒術道場の跡継ぎであったことから江ノ浦屋彦左衛門との関わりを中心に山道で告げ始めた。

江ノ浦屋彦左衛門が長崎会所に抗して異国交易の江戸会所を始めようという魅力的な企てから小龍太はもはや逃れられぬことを察していた。

ながともの入江を見下ろす岩山の一角に立ったときには、己の出自や来し方を丙左衛門に掻い摘んで語り終えていた。

丙左衛門は小龍太の話を吟味するように思案していた。

「ほう、これが江ノ浦屋の大旦那どのが隠し湊に選んだ『ながとも』ですか」

と小龍太は複雑にして防御に優れた入江を見下ろした。

「彦左衛門様がこの入江を購おうとされた折り、わしもいっしょにおりましたと。江戸からの里程を考えればこのくらい離れた場所に足場を置くのがよかろうと思いましたとです。大旦那様は然るべき筋に話は通してあると申されておりますがな」

と応じた丙左衛門の口調にはいささか不安が感じられた。

「このながともは江ノ浦屋の大旦那どのの持ち物ですね」

と小龍太は念押しした。

「へえ、大河内様が見ておられる入江とわしらが立っておる岩山が大旦那様の持ち物ですと。最前見られた建物はもともとはこの界隈の網元の家屋と網小屋を兼ねたもので、それに大旦那様が大工を入れて大きく作事されましたと」

「すでに荷は入っておるのかな」

「いくらかは入っておりますと。大河内様がたが長崎から運んでこられた荷はいきなり江戸に運び込まれましたでな、次の荷が入ってようやく隠し湊がなんとか形になりそうですと」

「江ノ浦屋の大旦那様は異国交易ができる三檣帆船をお持ちかな」

「長崎にて造られた帆船を一隻、また長崎会所の帆船長崎一丸と同じ大きさの交易帆船を今、上海で造っておられますと。完成は八月《やつき》後と聞いとります」

今さらながら、江ノ浦屋彦左衛門の裏の顔を小龍太は全く知らぬことに気付かされた。彦左衛門は自分の口からよりも信頼する手下の丙左衛門を介して語り聞かせようとしているようだ。

「江戸会所の創業にあたり、不足しているものはなんであろうか」

その問いにちらりと丙左衛門が小龍太を見た。しばし間を置いた丙左衛門が、

「江戸会所を動かす人でございましょうな」

「それがしが見た彦左衛門どのの配下はそなたを含めて福江島の新左、茂木の瀬之助、そしてそれがしが未だ名を知らぬ五人を合わせ、都合八人だな。そのほかに何人おるな」

丙左衛門は長いこと沈黙したのち、

「大河内様、その八人ですべてですと」

「なに、頭領の彦左衛門どのを入れてわずか九人か。驚いたな」

「さほど驚いた風ではございませんな」

「いや、十分魂消ておる」

「大河内様、どうか頭分としてわしらに加わってもらえませんやろか」

「それがしの初仕事は人集めか」

「へえ。さようですと」

「上海にて造っているという新造船が完成するのにあと八月かかるとなると、本式な異国交易が始まるまで一年余か。それまでに何人の人を集めればよいと思うな。水夫ら船乗りは別にしてじゃぞ」

「血気盛んで腕に覚えのある若い衆が二十人ほどでしょうか」

「江ノ浦屋の大旦那どのにはなにか目算があるのではないか」

「いえ、大旦那様が集められたわしら八人で目いっぱいとわしは見ましたと」

江ノ浦屋の表の顔は、江戸城に節句ごとに納める鯛を集めることだ。命を張るような奉公人は必要なかったのだ。

「そうか、長崎会所と同じ異国交易のお店を造るとなると長崎会所の助勢は得られぬと彦左衛門どのは考えられたか」

「へえ、出島のオランダ商館と長崎会所は二百年も同じ道を歩いてきたとですたい。そん長崎会所と出島の力を借りることができんとなると、人集めは江戸でするしかなかでしょうな。大旦那様が大河内様を頼りにされるは、そんあたりもありまっしょうもん」

「わが棒術の門弟衆には部屋住みも多いゆえ、話を致さば七、八人はこの企てに乗ってくるやもしれん。それもこれも」

「大河内小龍太様の決断次第でございまっしょ」

江ノ浦屋彦左衛門が見込んだ手下だけに丙左衛門の判断は的確で、ずばりと表現してくる。

「残りは十二、三人ですと」

「三、四人はこの界隈で探せぬかのう」

「ご覧のとおり隠し湊の入江ですと。人より猪《いのしし》や鹿、猿を探すほうが楽ですばい」

「丙左衛門どの、この山の西側は相模の内海と大日那どのから聞いたがさようかな」

「へえ、だれぞ知り合いがございますかな」

「知り合いといえば知り合い」

と言った小龍太がしばし黙したあとで、

「森戸の浜に参りたい」

「はあっ」

と怪訝《けげん》そうに応じた丙左衛門に、

「いささか急ごうか、今日じゅうにあちらに着きたいでな。案内を頼もう」

と願った。

丙左衛門が天道《てんとう》の位置を確かめ、

「山道一里半はありますと。急ぎますばい」

と言うや駆け出した。

小龍太はそのあとをゆったりとした足の運びで従った。

四

丙左衛門は汗だくになって相模灘を望む森戸の浜に辿りついた。後ろから従ってきた小龍太は平然とした顔付きだ。

小龍太は浜を見た。

在所ならばどこにでもありそうな貧寒とした漁村に思えた。

「大河内様よ、知り合いはどこにおりますと」

「さあてな、どこであろうか」

「知り合いいち言いなさったやろが」

「名も知らんでな、この地には初めて来た」

「魂消たと。そんお方と真に知り合いな」

「最前、隠し湊に襲来した海賊もどきのやくざどもだ」

「はあっ、あのバカどもが知り合いな」

「おお、あの折り、南蛮小帆船から見たで、いささか知り合いと言えぬか」

「呆れたと。あいつら、こん界隈で一番稼げる繁華な鎌倉《かまくら》にも一家を構えきらんで、こげな漁村で稼ぎばしとう連中ですぞ」

「やつらの塒《ねぐら》を探せぬか」

「頭分の名はなんち言うたやろか。ああ、そうそう、森戸の鬼十郎《おにじゅうろう》が親分の名やったな」

「鬼十郎も最前の徒党のなかにいたであろうか」

「さあ、わしゃ、付き合いないでのう」

　ふたりが問答を為す浜辺に顔の焼け具合から察して、かつては漁師だったと思しき年寄りが姿を見せた。

「相すまぬが森戸の鬼十郎親分の塒は知らんか」

「あんたさんら、何者じゃ。そういえば親分は、新たに強い剣術家を雇ったと聞いたぞ」

「ほう、海賊もどきのやくざの親分が剣術家を抱えてどうするのであろうか」

「なんでもこの界隈の入江に江戸の魚河岸の大物が抜け荷の足場を設けたそうな。明日にも一家で押しかけてその抜け荷を一切合切攫《さら》ってくるという話じゃがな」

「なに、さような手間は取らせない。どこを訪ねれば、鬼十郎親分と話ができるな」

「この先を一丁も行けば昔網元だった家に、柳生一刀《いっとう》流剣道場という看板がかかっておる。そこが森戸の鬼十郎一家の住処《すみか》じゃ」

「助かった」

と小龍太が教えられた方角に歩き出すと丙左衛門が、

「大河内様よ、なんば考えとると」

「丙左衛門どの、江ノ浦屋一家は人手が足りんのではないか。鉄砲まで操る海賊まがいの一味を叩き直せば、江戸会所にいくらか人手が加えられよう。一応海賊まがいの所業を為すならば船に乗っても船酔いはしまい」

「魂消たと。あいつらをうちの配下に加える気な」

「おお、さような連中ならば四人にひとりくらい使い物になる者がおるはず。まあ、数もこの際大事と思うたのだ」

「呆れた話たい。そんで大河内小龍太様がひとりで乗り込むとな」

ふたりに従ってきた漁師だったと思しき年寄りが、

「なんと殴り込みか。こりゃ、大変じゃ、鬼十郎親分にご注進ご注進」

と駆け出していった。

「大河内様、ここはいったん隠し湊に戻ったほうがいい。江ノ浦屋の大旦那様の考えを聞いたほうがよか」

「日が落ちたあの山道を戻るというか。まあ、森戸の鬼十郎がどのような親分か見ていこうではないか」

ふたりが年寄りのあとを追うと、元網元の屋敷の長屋門に、麗々しくも「柳生一刀流剣道場」という看板が掛けられていた。先に着いた年寄りから小龍太らの到来を知らされたのか道場がざわついていた。

「ご免」

と声をかけた小龍太は船のなかで履き替えていた草鞋《わらじ》を脱ぐと道場に入った。

致し方ないと思ったか丙左衛門も小龍太に従ってきた。

「こやつら、抜け荷一味に間違いないぞ」

と叫んだ者がいた。

「なんの用か」

と見所で剣術家と思しきふたりと茶碗酒を酌み交わしている親分然とした男が小龍太に質した。

「そなたが鬼十郎どのか。人集めに参った。どうだ、そなたらが申す抜け荷稼業に転ずる者はおらぬか。帆船に乗り込んでな、異国へ交易に出るまっとうな商いじゃぞ」

「異国交易だと、おまえ、夢でも見ておるか」

「いや、夢ではない。それがし、四隻の交易船に加わって肥前長崎から天竺のカルカッタなる地まで往来してきたのだ。

今宵は無駄口を叩いておる暇はないでな、関心のある者は、それがしと立ち合い、それなりの腕前と認めた場合のみ、この副頭《ふくがしら》の稲佐山《いなさやま》の丙左衛門どのがわれらの一員に加えられる。どうだな、この話。異国は面白いぞ。貧乏たらしい森戸の浜や相模灘なぞで細《さき》やかに稼ぐよりも実入りが良さそうだと思わんか」

小龍太の言葉に若い連中のなかにはその気になって立ち上がる者もいた。

「待った」

と叫んだ森戸の鬼十郎が、

「先生方、まずはこやつを叩きのめしてくれませんかな。手付け金をいくらにするか、そなたら両人の腕前次第だ」

とふたりの剣術家に言った。

「ちょっと待った。最前、隠し湊にも刀や槍を持った剣術家がいたようだが、抱大筒の一発で悲鳴を上げて逃げ出したのはそなたらかな」

「そやつらはわれらの仲間ではないわ。それがし、直心影《じきしんかげ》流免許皆伝酒匂《さこう》地十内《ちじゅうない》が大口叩きの若造を打ちのめしてくれん」

と茶碗酒の残りを口に含むと己の大刀の柄《つか》に吹きかけた。

「続いて東軍無敵《とうぐんむてき》流師範池辺《いけべ》十四郎《じゅうしろう》」

ともうひとりが名乗り、

「そのほうらふたりで道場に乗り込むとはなかなかの勇気かな。そのことだけは褒《ほ》めて遣わす。そなたの流儀はなんだな」

「それがし、大河内小龍太流棒術創始者大河内小龍太でな。鬼十郎親分、壁に掛かったたんぽ槍をお借りしよう」

との言葉に丙左衛門がたんぽ槍を摑んで差し出すと、受け取った小龍太はまず重さを確かめるように虚空に軽く投げた。

たんぽ槍とは真槍《しんそう》ではなく穂先に綿などを入れた稽古槍だ。唐人の国ではたんぽ槍と呼ぶとか、それが和国に入ってなぜかたんぽ槍と呼ばれるようになったとか、ガマの穂（タンポ）に似ているからとか、由来は諸説あるようだ。

まあまあの重さだ。たんぽ槍は棒術の六尺棒より一尺五寸ほど長かった。そこで穂先を床に押し付けた小龍太が足先でぼきりと圧《へ》し折った。するとほぼ六尺の棒になった。

「なに、棒術などそれがし相手したことはないぞ。池辺どの、まずはそれがしが先手にござる。そなたの出番はあるまいと思う、悪しからず」

酒匂地十内が最前酒を柄に吹きかけた大刀を手に道場に降り立った。

網元の屋敷を改装した道場は六十畳ほどの広さか。

小龍太はたんぽ槍の柄《え》を手に道場を見廻し、

「池辺氏《うじ》、酒匂地氏、われら、今晩じゅうに隠し湊に戻りたいでな、ひとりずつを相手するのは時の無駄にござる。両人いっしょに願おうか」

「おのれの大言壮語、許せぬ」

「こやつを斬殺しても構わぬな、森戸の鬼十郎親分」

「委細承知」

と鬼十郎親分が小龍太に関心を持ったか、雇い入れたふたりの剣術家に立ち合いを許した。

その間に小龍太は腰の同田貫上野介を鞘ごと抜くと、

「稲佐山の丙左衛門どの」

と声をかけた。

「わしは稲佐山なんて二つ名を頂戴しましたか。大河内小龍太様、武運をお祈りいたしますと」

と丙左衛門はにやにや笑いしながら小龍太から一剣を受け取った。どうやらこちらも小龍太の立ち合いの行方に関心を持ったようだ。

「ではご両者、参られよ」

棒を握った小龍太にとって看板倒れの田舎《いなか》道場で立ち合うなど、子供の遊びのようなものだった。

酒匂地と池辺の両人が刀を抜き放つとそれぞれ正眼《せいがん》と八双《はっそう》に構えた。

「ほう、そなたら、思ったよりも技量があるとみえる」

「口数の多い武術家をどう見たな、酒匂地どの」

と池辺が仲間に質した。

「江戸者の武術家は口先剣術と聞いたことがある」

「どうやらその口先棒術のようだな」

と言い合ったふたりが眼で合図を交わし、その直後同時に踏み込んできた。

小龍太が相手の動きの機先を制するように大胆に踏み込むと、圧し折ったたんぽ槍の先がうなりを生じて両人の肩口を叩いた。

一瞬の早業《はやわざ》だ。

その瞬間、酒匂地と池辺のふたりの体が床に叩きつけられていた。床に転がったふたりは悶絶《もんぜつ》した。

道場が森閑《しんかん》とした。

「ううーん、ちと勝負を急ぎ過ぎたか」

と漏らした小龍太が森戸の鬼十郎を手招きして、

「親分の柳生一刀流の腕前はどうだな」

「あ、あれは看板だ、漁師上がりの商い剣法だ。相手を見てなにがしかの銭を払うこともある」

と言い訳した。

小龍太に言い訳する語調がどことなく平然としていた。この界隈でそれなりの商い剣法で生き抜いてきたと推量された。

「そなたらも銭を所望か」

小龍太が首を横に振り、

「鬼十郎親分、鉄砲を持っておったな。あれはどこで手に入れたな」

「おお、去年のことよ、野分《のわき》で沈没しかけた弁才船から持ち出した鉄砲よ。水を被っていたが、猟師に手入れさせたら使えるようになったわ。どうやら異国渡りの鉄砲らしいと猟師が言うておった」

「何挺、持っておる」

「七挺ほどじゃが、火薬の作り方が分からんで二挺しか玉が飛ばん」

「鬼十郎親分、そなたの子分は何人おるな」

「おまえ様ほど強くはねえが度胸頼りの者がせいぜい十人じゃな。海を承知で船に慣れた若い衆ばかりよ」

「森戸の鬼十郎親分は外海の航海を承知かな」

「おお、常雇いではねえが、上方と江戸の間を走る弁才船に乗り組んだことがある。わしも雇ってくれるか、異国交易の船によ」

と鬼十郎がここぞとばかりに言い出した。

「稲佐山の丙左衛門副頭、どうしたものかね。このこけおどしの連中、武術は頼りになるまいが海と船には慣れているようだ」

と小龍太が丙左衛門に質した。

「隠し湊の留守番程度の役には立ちましょうな。されど江ノ浦屋の大旦那様がどう申されますかな」

「というても江戸会所の異国交易が本式に始まるまでまだ時はある。鬼十郎親分以下、それがしが暇をみて稽古をつけ、半人前程度に育てることはできよう」

「ならば、あちらに伴いますと」

と丙左衛門と小龍太の話し合いで森戸の鬼十郎を含めて十一人を江戸会所の要員として内々に雇うことにした。

「ながともの隠し湊まで今から山越えは無理であろうな」

「ううん、夜中に提灯《ちょうちん》を点しての山越えはどうもな」

と丙左衛門が鬼十郎を見た。

「わしらは漁師上がりの海賊じゃぞ。船に乗って城ケ島廻りでよ、明朝にはながともの入江におまえ様たちふたりを連れていけますぞ」

小龍太と丙左衛門は夜の山越えより夜間の航海を選んだ。

相模灘での海賊もどきの所業に使う帆船に十三人が鉄砲や槍や刀などの武器を積み込み、森戸の浜を五つ（午後八時）時分に出立した。相模灘の浜で生まれ育った者たちだ。複雑な岬の海岸線を避けて沖合を航海する技はなかなかのものだった。

「大河内様よ、この者たちの腕前は異国航海の折りに大いに役に立ちますと」

と鬼十郎の操船の指揮ぶりと十人の働きぶりを見た丙左衛門が満足げに言ったものだ。

そのやり取りを聞いた鬼十郎が、

「副頭、ちと聞いておきたいことがある」

と舵を握ったままで言い出した。

「そのほうらの給金が知りたいか」

「おお、わしが森戸で剣術道場の道場主を表看板に海賊をやってきたのは、漁師ではまともに食えねえからだ。裏仕事だろうと表の稼業だろうと銭は要るでな」

と鬼十郎が小龍太を見た。

「それがしの給金が知りたいか。未だ給金の話は大旦那どのとしていない。つまりそなたらといっしょでまだ雇われてはおらんのだ」

「呆れた。おまえ様は給金も決めんで、わしらを雇う口利きをしたか」

「そういうことだ」

ふーん、と鼻で返事をした森戸の鬼十郎が、

「わしらを雇うのは江戸の魚河岸、鯛をお上に納めている江ノ浦屋の五代目彦左衛門様だな」

と念押しした。

「よう承知ではないか」

「となるとおまえ様が話した異国交易も真の話ということか」

「異国交易を体験したそれがしと仲間ひとりを配下に収めて、長崎を抜きにして異国交易を考えておられるのは江ノ浦屋彦左衛門様だ」

その仲間というのが桜子という女子《おなご》であり、江ノ浦屋彦左衛門が親がわりを公言していることは口にしなかった。

「おまえ様は、未だ江ノ浦屋の雇い人ではないのだな」

鬼十郎は小龍太のただ今の立場に拘った。

「最後の返答はしておらぬな」

よし、と鬼十郎が叫ぶと、

「わしら十一人、大河内小龍太様の配下として江ノ浦屋の手下になろうか。それまで給金など決めてもらわんでもいいわ。どうだ、丙左衛門副頭」

と言い切った。

小龍太は森戸の鬼十郎がなかなかの知恵者と感心した。そして、最前ながともの隠し湊を襲ったのは、江ノ浦屋の力を探り、噂されている異国交易が本気かどうかを知るためだったのではないかと思った。

「大河内様、この一件、どう考えたらよかろうか」

と丙左衛門が小龍太を見た。

「すべては江ノ浦屋彦左衛門どのの一存じゃな」

「大河内様はわしらの仲間と信じてもよかと」

丙左衛門が小龍太の立場に困惑して質した。

「それがしも鬼十郎一味と同じ、未だ仲間に非《あら》ず商売仇《がたき》に非ず、だな」

小龍太の返答を聞いた鬼十郎が破顔すると、

「おい、おめえら、この森戸の鬼十郎を含めて向後の行動は、ここにいる大河内様がお決めになるわ。それでよいな」

と十人の手下に明言した。

「親分、合点承知だ」

兄貴株が一同を代表して返事をした。

「ながともの入江に着くのは明日の朝か」

「へえ、およそ六つ(午前六時)時分と思うてくだせえ、大河内様」

「ならばそれがしばし仮眠を致す。なんぞ夜具はないか」

「へえへえ、夜具はございますぞ」

とどこからともなく運ばれてきた綿入れを被って、小龍太はごろりと横になった。

腹は減っていたが船の揺れに眠気が襲ってきた。

ふと目覚めると半月が夜空にかかっていた。そして、船のなかでは幾人かが酒を飲んでいる気配がした。

(稲佐山の丙左衛門どのはどうしておるか)

と思ったが眠気には勝てずふたたび眠りに落ちた。

第四章　白無垢披露

一

ながともの入江には予定どおり未明に着いた。このことから、森戸の鬼十郎一味は内海ならば夜間でも自在に操船する経験と技量を有していると小龍太は考えた。

小龍太が目覚めたとき、船は入江の隠し湊に接近しつつあった。目を覚ました小龍太に丙左衛門が頷いてみせた。おそらく丙左衛門も鬼十郎の頭分としての力を認めたということだろう。

浜には江ノ浦屋の五代目彦左衛門がいて、こちらはいささか驚きの顔を見せていた。見知らぬ船に小龍太と丙左衛門が乗って戻ってきたのだ。驚くのも当然だった。

「稲佐山の副頭、五代目に森戸の鬼十郎一味を仲間に加えようと思うた経緯《いきさつ》を説明してくれぬか」

と願った。

「大河内小龍太様よ、鬼十郎の一行は、おまえ様の配下として江戸会所作りに加わるというておるのだ、そのことは得心したのだな」

と念押しした。

「もはやそれがしがごちゃごちゃ申しても厄介以外なかろう。あとでそれがし自ら五代目に世話になる挨拶をなすと伝えてくれぬか。稲佐山の」

「相分かった」

と即答した丙左衛門が、

「稲佐山の二つ名はえらく気に入ったと。頂戴するばい」

と言い残して浜に飛び降りた。

小龍太は未だ自分たちの船で控える鬼十郎と一味十人に、

「副頭とのやり取りは聞いたな。それがしの配下として異国交易の新たな仲間、江戸会所に加わる以上、それがしの命《めい》には逆らうな。そなたらも名くらい承知であろう、江ノ浦屋の五代目彦左衛門様がそれがしの頭領、江戸会所の総頭取を務められる。相分かったか」

「承知しました」

と鬼十郎が答えていた。

丙左衛門が浜に立つ彦左衛門に森戸の鬼十郎一味を江戸会所の一員に加えようとした経緯を説明していると見えて、彦左衛門がちらちらとこちらを見ていた。そして、丙左衛門に頷き返すと、船のほうへと歩いてきて、

「大河内小龍太様、委細承知しましたぞ」

と言い切った。

「江ノ浦屋の大旦那どの、それがしの一存にてこの者たち十一名をその気にさせました。そのことをまずお詫びしとうござる」

「いえ、人手不足はうちの一番の差しさわりでした。小龍太様が配下と認めたこの者たちの参加を歓迎致しますぞ」

と小龍太にまず言い、

「森戸の鬼十郎とやら、大河内小龍太様がそなたらに約定《やくじょう》したことは、この江ノ浦屋彦左衛門きっちりと守る。いいかな、相模灘で繰り返していた海賊もどきの

所業からはすっぱり足を洗い、私の長年の念願である異国交易に携わりたいと望むならば、そなたらを決して失望はさせぬ。私を信頼すると同じ信頼と忠義を、このお方に示すのだ。いいな、江戸会所創業の要《かなめ》は大河内小龍太様であり、このお方は私の腹心である。お分かりかな、鬼十郎」

「江ノ浦屋の大旦那様、ただ今この時から海賊もどきの所業を捨て、大河内小龍太様のもとにて大旦那様に仕えること承知しましたぞ」

と鬼十郎が言い切った。

大きく首肯した彦左衛門が、

「私め、江戸へと戻らねばなりませんが、小龍太様はどうなされますな」

「それがしもごいっしょするとこの隠し湊を中途半端に放り出して江戸へ戻ることになりませぬか。桜子と、棒術の門弟だった部屋住みの面々のまとめ役、前園《まえぞの》久三郎《ゆうざぶろう》どのに宛てた書状を書きとうございますが、その暇はありましょうか」

「桜子への文は祝言の一件ですな。もはや先延ばしにはできますまい。それまでに江戸に戻って参られましょうな」

「こちらの都合をつけて必ず祝言の日までには戻ります。そう桜子に彦左衛門どのの口からも告げてくれませぬか」

「娘には必ず伝えますでな。大河内小龍太様に助勢頂けるとなれば鬼に金棒《かなぼう》です」

と請け合った。

彦左衛門が桜子を「娘」と呼ぶのは、幼い折りから承知の桜子が父広吉を亡くしてからのことだ。実娘のいない江ノ浦屋五代目は桜子を信頼しきっていた。

「いまひとつ、小龍太様の棒術の門弟への書状は、こちらもともに働く仲間へのお誘いですかな」

「いかにもさようです。前園久三郎は直参旗本五百二十石、中奥御《なかおくお》小姓《こしよう》の三男にござる。棒術剣術の技量もなかなか、なにより久三郎の人柄はそれがしがとくと承知です。その者に書状を認《したた》めますで、大旦那どのから渡されればかならずや、われらの仲間に加わってくれましょう」

「それはよい。前園様おひとりですか」

「いえ、部屋住み仲間が七、八人おりますで、その半数は前園と行動をともにしましょうぞ」

「それは心強い」

「ならば、それがしに一刻ほど暇をくだされ」

と願った小龍太は、初めて彦左衛門に案内されて元は網元の作業場だった建物に入った。三棟が渡り廊下で結ばれ、その一番奥が彦左衛門が御用部屋として使う離れ屋だった。

その部屋で小龍太は、桜子と前園に宛てた二通の文を認めた。前園への書状の表書きには薬研堀から二丁とは離れていない若松町《わかまつちょう》の屋敷の所在地も認めておいた。

「お待たせ申しました」

と彦左衛門に声をかけると、

「やはり小龍太様と桜子がおらぬと、私の望みは果たせませんでしたな」

「いささか買いかぶりでございますぞ。桜子とそれがし、偶さかの縁で異国を旅してきただけのふたりです」

「偶さかの縁をものにできる人物は、なかなかおりませんでな」

と言った彦左衛門が、

「すでにこの入江の面々にははっきりと告げてございますが、江戸会所創業の頭領は大河内小龍太様しかおりません」

とふたたび告げると、

「大河内様のほうから私への注文はございませんかな」

と問うた。しばし沈思した小龍太が、

「ひとつ、懸念があります」

「懸念ですか。お聞きしましょう」

「それがしの受け止め方に誤解があるかもしれません。長崎会所と、江ノ浦屋の大旦那どのが始めようとされている江戸会所のこれからの関わり方についてでござる。彦左衛門どのは、長崎会所の助勢を求めるのではなく、競い合う道をお考えではないかと思いましたが、それがしの勘違いにござろうか」

「ううーん」

と唸った彦左衛門が、

「正直申して迷っております。江戸は公儀のお膝元ゆえ、城中のことは代々の公儀との付き合いで私のほうが昵懇《じっこん》といえます。となれば、私流のやり方でと考えましたが、大河内様は異《い》を唱《とな》えられますかな」

「それがし、長崎会所が持つ異国との付き合いは未だ捨てがたし、やはり長崎会所がこれまでに積み上げてきた交易や交際の知恵やわざは大きゅうございますでな。公儀との付き合いは付き合いとして、長崎会所のそれらもぜひ利用すべきかと存じます」

小龍太の言葉に江ノ浦屋彦左衛門が沈思した。長い沈黙だった。

「半年前ならば長崎会所と折り合いをつけることもできたでしょう。ですが、今となってはいささか面倒かと存じます」

と困惑の体《てい》で告げた。

小龍太の知らぬ難儀が江ノ浦屋と長崎会所の間に発生していた。

「それがし、その差しさわりがどのようなものか存じません。また彦左衛門どのに説明してもらおうとも考えておりません」

と言った小龍太が間をおいて質した。

「彦左衛門どの、それがしを江戸会所の仕事に引き入れんとされておることを長崎会所は承知しておりますか」

「いえ、つい最前大河内小龍太様が私を助勢してくれるとの返答を貰ったばかり、長崎会所側は承知していませんな」

長崎会所との付き合いは、小龍太よりも江ノ浦屋彦左衛門が随分と長かった。だが、交易帆船に乗り組み、異国交易を見聞してきた一年半の間の長崎会所との付き合いは、彦左衛門よりも小龍太と桜子のほうが深いと思った。

「江ノ浦屋の大旦那どの、差し出がましいこととは承知していますが、長崎会所とそれがしが書状にて話し合うことを許してくれませぬか」

「小龍太様が長崎会所との仲立ちをなしてくれると申されますか」

「長崎会所を敵に回すのは決して江ノ浦屋の大旦那どのにとってよろしきことではないと思います」

彦左衛門が呻いた。

「ちと伺います。それがしと桜子が長崎から運んできた船の荷、長崎会所を通しておられませんな」

「公儀相手に使う贈り物ゆえ、長崎会所からの荷を装いながら別の筋の荷にございます」

と渋々と彦左衛門が認めた。

「これまでも幾たびか長崎会所を通さぬ品を江戸へ持ち込まれましたかな」

「二度ほど」

と言った言葉に小龍太は長崎会所と江ノ浦屋との差しさわりには、このことが関わっていると察した。

「彦左衛門どの、それがしにご両者の仲立ちを為す力がないことは重々承知です。

ですが、長崎会所との和解はそれがしに任せてくださらぬか」

「うーむ」

と唸った彦左衛門は口をへの字に曲げて考え込んでいた。

「異国交易は信頼の二文字とそれがし、たった一度の経験から学び申した。同時にどのような差しさわりも話し合いと金子のやり取りで決着をつけられるということも察しております。彦左衛門どの、江戸会所が成功するためには長崎会所と和解し、力を借りるべきかと存じます。どうでございましょう」

小龍太の問いかけに彦左衛門はさらに沈黙した。

「私がこの和解に携わらずともようございますか」

「はい、それがしにお任せくださるならば、彦左衛門どのが携わる要はございますまい」

と言い切った。

この話、彦左衛門が携わらないほうが道は開けると小龍太は思った。

「分かりました。お願い申しましょう」

彦左衛門が承知した。

頷いた小龍太は桜子とも相談し、ここは長崎会所の総町年寄の高島東左衛門と姪にして通詞の杏奈の力を借りるしかあるまいと考えていた。だが、彦左衛門が仲たがいした相手がこの両人ならば、仲直りには歳月がかかるなと思った。

ともかくやるしかないと考えた。

「大河内様に念のため伺っておきたいのですがな、この一件がうまくいかなかった場合、大河内小龍太様は私の助勢から手を引かれますかな」

「大旦那どの、武士がいったん約定したことです。なにか事が起こったから手を引くなどございません。それがし自身も異国との交易に携わりたいですからな」

と小龍太がついに確言した。

「ふうっ」

と息を吐いた彦左衛門の顔に安堵が漂った。

「深謝いたします」

「それがし、未だ仕事はなしておりません。感謝の言葉は江戸会所が無事に開《ひら》けた折りに頂戴しとうございます。われらがただ今なすべきは異国交易の帆船とそれを動かす人を集めることにございましょう」

「いかにもさようです」

と言った彦左衛門が手文庫から古びた木札を取り出して小龍太に差し出した。

「これはわが家に伝わる手形にございましてな、主不在の折りはこの手形持参の者の決断を主のものと見なす証《あか》しです」

「拝見致します」

と小龍太が手に取ると、

「日本橋魚河岸手形
この手形を所持する者、江ノ浦屋の主の名代也《みようだいなり》
寛文《かんぶん》五年四月吉日
初代江ノ浦屋彦左衛門」

と墨書されていた。

「向後、私と大河内様が別々に行動することがございましょう。この手形をそなた様に預けておきます」

と手渡された。

その瞬間、小龍太の背に責任という二文字が重く伸《の》し掛かった。

「かような手形をそれがしに預けて構いませぬか」

「お互いの信頼の証しにございます。そなた様が異国交易の主と同然の力を持つ

と世間に知られるまでお持ちくだされ」

「わが身に昼も夜も所持いたしまする」

「お願い申します」

と応じた彦左衛門が、

「こちらの布袋に包金《つつみきん》二十、五百両が入っております。手形を確かなものとするのはこの金子です。森戸の鬼十郎らが大河内小龍太様や私に忠義を尽くすのは、この金子があるからです。お分かりですな。この手文庫に入れておきます。小龍太様がご入用《いりよう》と判断なされた場合、この金子を意のままにお使いなされ」

と言い切った。

「相分かりました」

と小龍太は返事をするしかなかった。

彦左衛門が江戸に戻ったあと、小龍太は稲佐山の丙左衛門と相談し、森戸の鬼十郎と三者の集いを浜に近い荷蔵で持つことにした。

網小屋が改装されて荷蔵の体を見せていたが、広々とした荷蔵はがらんとしていた。

江ノ浦屋の五代目彦左衛門が始めようとしている江戸を拠点にした異国交易は大規模な商いだった。にも拘《かか》わらずその運営に見合う人材が不足していた。新規に加入した鬼十郎一味と江ノ浦屋配下の丙左衛門らと話し合いをしておくべきだと思った。

「まずわれらの関わりをはっきりとさせておきたい。稲佐山の丙左衛門どのは、どのような役目かな」

と小龍太が口火を切った。

「わしですかえ。まあ、お店の二番番頭か三番番頭といった役目でしょうかな。江ノ浦屋五代目彦左衛門様が新たな異国交易店の金主ですから、唯一無二の主様《あるじ》ですな。その主様が最前、大河内小龍太様を腹心と言い切られました。異国交易を知るただひとりのそなた様が筆頭番頭にして、交易船の警固方の長《おさ》でございましょうかな」

と丙左衛門が答えるのへ、

「ならば稲佐山の丙左衛門どのは交易方の長というわけか」

と小龍太が念押しした。

「一年ほど前、長崎から江戸に参った帆船に乗船していたわしら八名、江ノ浦屋の大旦那様から新しい異国交易のお店を造るが手伝ってみぬかと誘われました。わしら、長崎では長崎会所とは縁がなかったゆえ、あちらの船、こちらの交易船とひと月置きに乗り移らねばならねえ月雇いでしたと。江ノ浦屋の大旦那様は、働き次第では常雇いにすると約定されたのですと。今では、給金も決められて落ち着いたところですたい」

「これまでどのような仕事をしてこられたな」

「このながともの入江に入ったときは、この荷蔵も半ば崩れかけた網小屋でしたと。それを江戸から大工や左官や石工を呼んでここまでにしたとです。主の五代目彦左衛門様はご多忙ですでな、この際、わしらの間でもしっかりと役目と分限を決めておくのが大切かと思いますな」

と丙左衛門が言い、

「大河内小龍太様を大旦那様は腹心と仰《おつしや》り、わしは、異国交易の筆頭番頭にして警固方の長と申し上げましたが、それに間違いはありませんな」

と小龍太を念押しするように見た。

「最前、江ノ浦屋の大旦那どのにそれがしが世話になることを改めて確言した。その折り、かような手形、それがしの立場をはっきりさせる証しを渡されたのだ」

と小龍太が日本橋魚河岸手形を両人に見せた。

両人とも無言のまま長い間、江ノ浦屋の鑑札を見つめていたが、

「なんと大河内様は五代目彦左衛門様の名代となられましたか。わしも森戸の鬼十郎もそなた様の配下にございますと」

という丙左衛門の言葉を聞いた鬼十郎が深々と頭を下げた。

二

江戸・柳橋。

この朝、独り稽古を終えた桜子はその足で船宿さがみに向かった。

昨日の午後は読売「江戸あれこれ」の書き方小三郎につかまり、また船宿さがみの屋根船で長崎において自分の幼い折りを描かれた『花びらを纏った娘』と『チョキ舟を漕ぐ父と娘』に出合った時の印象を事細かに語らされた。

さすがに江戸でも名代の売れっ子の書き方だ。小三郎の問いはあらゆる方向から投げかけられ、桜子には考えもつかない質問もあった。

桜子が二枚の絵を見せられたのはほぼ一年前だが、そのあとに出島のオランダ商館と長崎会所の合同の交易船団で異国訪問をした日々があった。あの刺激的な異国の事物や人々との出会いによって、鎖国下にある和人の暮らしの何十倍もの知見を得た。

むろん長崎を出る前に見せられた二枚の絵の驚きは桜子の頭にしっかりと刻まれていた。その驚きと異国での日々が重なって、桜子はケンプエル医師に見せられた『花びらを纏った娘』の、つまり三歳の折りの自分との出会いを最初にどう感じたか、小三郎に質されれば質されるほど、混乱して分からなくなった。それでも小三郎の問いがおざなりではなく、「真剣勝負」だと分かっているだけに桜子も真摯に答えようとした。

女船頭の仕事に始まり、小三郎の聞き取りに遅くまで答え続けた、そんな濃密な一日を過ごした。

さくら長屋に小龍太の姿はなかった。江ノ浦屋の大旦那の使いがきて、小龍太をしばらく借り受けると言ってきていた。小龍太がなんのためにどこにいるのか桜子には見当もつかなかった。ただ、五代目彦左衛門が小龍太の力を借りたいと考えているのは桜子にも推測がついた。しばらくと伝えられたとき、小龍太がいまいるのは江戸ではあるまいと思った。

桜子と江ノ浦屋の大旦那との付き合いは、絵に描かれた幼い折りからの長いものだった。公儀に鯛を納める魚河岸の老舗と承知をしていたが、彦左衛門には別の商いがあることを、一年半前、神奈川湊から長崎会所の交易帆船に乗せられたときに知った。

そんな彦左衛門が小龍太の助勢を求めていた。

長崎で二枚の絵をともに見た小龍太が今傍らに居れば、桜子は自分の記憶が正しいかどうか問うことができた。だが、伴侶たる小龍太は江戸を留守にしていると推量された。

となると自分の頭に刻まれた絵との出会いの印象を独り思い出すしかなかった。その答えに小三郎が満足したかどうか、桜子には分からなかった。

さくら長屋から船宿さがみに向かう途中、神木三本桜の前で足を止め、いつものように額を三本のなかでも真ん中の太い幹につけて祈った。そして、老桜に問いかけた。

（絵と会った折りの記憶が曖昧《あいまい》なのはどうしてでしょうか）

しばし間があった。

（小三郎の問いはそなたの頭のなかを掻き乱し、どれが真実かを知ろうとしているのだ。どれもが正しい、あるいはどれもがそなたの思いつきをあとから加えたものかもしれぬ。どれが正しいか、あるいは思いつきかなどだれにも分かるまい）

と桜子の胸に老桜の言葉が響いた。が、その答えに桜子は得心できなかった。

（納得できぬか、桜子、そなたの返答は無理に作為したものか）

（違います。嘘《うそ》を答えて小三郎さんに得心してもらおうなどとは考えてもいません）

（桜子、絵に出会ったときなにを思った。これほどの出会いじゃ、ひとつだけということはあるまい）

桜子は老桜の言葉を思案していた。

（異人の絵師コウレルが三つの折りのそなたを御忍駕籠から覗き見て描いていた。神木三本桜とそなたとの関わりをこの界隈の人はだれも格別なこととは思わなかった。そなたも絵に出会うまで自分の行いがどのような意を持つか考えもしなかったであろう）

（描かれた折りのことは全く承知していません、記憶のかけらもありません）

（そなたも知らぬことを絵が教えてくれたのだ。それでよいではないか、そう思わぬか）

（でも、絵と会ったのはわずか一年前のことです）

（いや、そなたが三本桜に一心に祈っていた三つの折りと、その模様を絵師が描いた十六年前とは同じ一刹那《いっせつな》なのだ。すべての真実は絵のなかにある。たったひとつの分かりやすい答えなど小三郎も求めておるまい）

（………）

（あとは小三郎に任せよ）

という言葉を最後に神木老桜の気配が消えた。

その瞬間、だれかに見られていることを桜子は感じた。

富士塚さがみ富士の頂に北洲斎霊峰絵師がいて、せっせと筆を動かしていたが、桜子がまるでその場にいないかのようにそっぽを向いていた。こちらに関心を持っていることを気付かれたくなくて視線を背けているのかと思い、桜子もそ知らぬ顔をして船宿さがみに向かった。

女将の小春が、

「稽古をしたあと、そのまま来たんでしょ。湯に入って汗を流し、朝餉を食しなさい」

「すみません、毎日、ご馳走《ちそう》に与《あずか》って」

「小龍太さんは江ノ浦屋の大旦那様のお供で留守にしてるんだろ。ひとりだけじゃ食事をつくるのも面倒でしょ」

江ノ浦屋の使いがきたとき、その場に小春もいたから小龍太がいないことは承知していた。

「おかみさん、小龍太さんを江ノ浦屋の大旦那様ったら、どこへ連れ出したんでしょう」

「大旦那様はあちこちに手を広げているようだからね、私たちの知らないことが多いのよ。私たちがあれこれと推量しても無駄さ」

と噂が集まるはずの船宿の女将が言った。

「桜子こそ大旦那様の娘でしょ。娘が知らないことを私が知るわけもないよ」

「女船頭のわたしが分限者の江ノ浦屋彦左衛門様の娘だなんて勿体ないことです」

「頼れる親代わりじゃないか。もっとも、ただ今の江ノ浦屋の大旦那様は小龍太さんに助けを借りようとしているみたいだね。そのことには隠された曰くがあると思わないかい」

「どういうことです、おかみさん」

「まずは湯に入っておいで。朝餉をふたりでいっしょに食しながら話そうか」

と船宿の内湯に桜子を追いやった。

さっと湯を使った桜子が帳場に行くとすでに朝餉の膳がふたつ出ていた。

船宿さがみでは朝の仕事が一段落ついた時分に親方とおかみさんが帳場座敷で朝餉を食べる習わしだった。

「朝から凄いご馳走だわ。ぶりの煮付けに焼き卵までついている」

「台所が親方の膳のつもりで調理したものさ。今日も力仕事の桜子にちょうどいいよ。しっかり食べな」

「おかみさん、親方はいないの」

「川向こうの造船場にヒデの船頭で行っているわ。この膳は桜子の分だよ」

「だってお客さんがつくかどうか分からないのに親方の膳を食べてもいいの」

「桜子名指しのお客さんがいるんだよ。五つ半（午前九時）時分に見えるはずだから」

「ああ、よかった。船頭といいながら昨日も半日しか櫓を握ってないもの」

と言いながら、お櫃から小春と自分の分のご飯を装った。女衆が豆腐と青ネギの味噌汁を供してくれた。

桜子は味噌汁椀を取り上げて、

「おかみさん、隠された曰くってなんなの」

と最前の言葉の意を改めて問うた。

「この話はまだこの界隈では知られてないけど、江ノ浦屋の五代目は嫡子巳之助《ちゃくしみのすけ》さんに魚河岸の店《たな》を譲られるそうよ」

「えっ、彦左衛門様は隠居なさるの」

「そこよ、親方とも話したんだけど、本業の江ノ浦屋彦左衛門の名跡《みようせき》を巳之助さんに譲って、なにか別の商いに専念されるんじゃないかってね。となると五代目彦左衛門は名乗れないし、人手もないだろ。そこで小龍太さんに新たな商いの手助けを願っているんだとしたら。桜子は親方と私の考え、どう思う」

「わたしも大旦那様が小龍太さんの手を借りたいのだとは察していました。小龍太さんはもはや棒術を教える仕事をする気はないですから。そのことを知った上で大旦那様が小龍太さんを誘ったことは十分考えられます」

「そこよ一

と小春が味噌汁をひと口啜って言った。

「桜子を自分の娘同然に思い、こたび小龍太さんに別の商いの助勢を求めたとすると、五代目彦左衛門様、いや、どう名乗られるか知りませんけど、大旦那様はその商いの跡継ぎと考えて小龍太さんに声をかけたんじゃないのかい」

「えっ、そんなこと考えたこともありませんけど」

「知らないのはおまえさんたちふたりだけかもしれないよ。小龍太さんが戻ってきたら、とくと話し合ったほうがいいわ」

と小春が言い切った。


朝餉を終えた桜子が船着場に行くと父親譲りの猪牙舟にすでに客が乗っていた。なんと客は読売「江戸あれこれ」版元主人、たちばな屋豊右衛門だった。

「えっ、たちばな屋の旦那様がわたし名指しのお客人ですか」

「桜子さん、いけませんかな。わっしが客では」

「いいえ、どちらに差し向けましょうか、たちばな屋の旦那様」

「日本橋の南詰めに願えますか」

「承知しました」

と答えた桜子は豊右衛門が営む版元のお店がある場所だなと思った。そこに姿を見せた女将の小春が、

「おや、もうお乗りでしたか」

と舫い綱を解き、桜子が竹棹を突いて猪牙舟を柳橋の向こうに流れる大川へと向けた。桜子は、

(わたしの宿願は女船頭よ)

と己に話しかけてみた。だが、自分の今とどこかそぐわない感じがした。

小龍太が棒術の師範を捨てて、なにか別の生き方を求めているように、わたしもこれまでとは違うなにかを求め始めたのだろうかと思った。だが、一瞬後に、

(櫓を漕ぐお父つぁんの足元で育った娘がそんなはずはない)

と思いつきを否定した。

(わたしの生涯の仕事は女船頭よ)

その時、客のたちばな屋豊右衛門が、

「なにを考えていなさる」

「えっ」

と思わず驚きの声を漏らした桜子は、

（わたしったら、ほかのことを考えながら櫓を握っていたのか）

と愕然《がくぜん》とした。

「もはや桜子さんは三つの幼な子でもなければ世間知らずの小娘でもない。異国を一年以上も旅してきた大人の、いや、別人のひょろっぺ桜子になったと思いませぬか」

「わたしは生涯、ただの女船頭です」

「そう言い切れますかな。迷うこと悩むことは桜子さんが成長した証しですぞ」

「たちばな屋の旦那様はもはやわたしが女船頭ではいられぬと思し召しですか」

「そなたがこの父親譲りの猪牙舟と生涯をともにすることは、『チョキ舟を漕ぐ父と娘』の絵がはっきりと告げています。だが、それだけではない、桜子さんの生き方はな」

たちばな屋豊右衛門はなにを言いたいのか、猪牙舟を大川の流れに乗せながら桜子は思案した。

「旦那様は小三郎さんが書いたものを読まれましたか」

「夜を徹して書いた下書きを読ませてもらいました。朝方から少しばかり仮寝した小三郎はただ今も、三つのそなたを描いた絵と十数年後に長崎で出会った奇縁の物語に手を入れていましょうな。わっしは下書きを読ませてもらい、そなたになにか迷いがあるように感じましてな、そのことを知りたくて、かようにそなたの猪牙の客になりました」

「迷いがあっては小三郎さんの仕事はなりませぬか」

「いえ、十分に面白い読み物と感じ入りました。小三郎が書く物語のなかの『二枚の絵』に描かれた娘が女船頭を志していることに『江戸あれこれ』を買って読んだ者は感動しましょうな、わっしの勘では大売れに売れます。されど」

と豊右衛門はいったん言葉を止めた。

「余計なことですぞ、これは版元のわっしが案ずることではない。そなたの迷いがどうにも気になりましてな、小三郎には内緒でかように船宿さがみの客になり、桜子さんや、あなたと話してみたかったのです」

桜子は船宿さがみの女将の小春の推量と同じことを豊右衛門が告げていると思った。そこで最前小春が話したことを正直に口にした。

「そうでしたか、さがみの小春さんも同じことを考えておられたか」

「はい」

「なるほど、江ノ浦屋の五代目が大河内小龍太さんと桜子さんふたりを跡目にとな」

　と言いながら豊右衛門は腕組みして川の流れを見詰めていた。

「旦那様、わたしが小三郎さんの願いを聞き入れたのは、『二枚の絵』に絡む経《い》緯《きさつ》を伝えるためです。ただ今思わずさがみのおかみさんから聞いた話を版元たる旦那様に漏らしてしまいました。小三郎さんにわたしが漏らした話を告げられますか」

「小三郎も困るでしょうな。こたびの話はあくまで『二枚の絵』に描かれた娘と桜子さんが長崎で出会った奇遇が読み物の勘所ですからな。江ノ浦屋の大旦那様の話は別口です」

　と言い切った。

　いつの間にか猪牙舟は、大川右岸の中洲を過ぎ、箱崎町《はこざきちよう》二丁目の裏河岸《うらがし》埋立地《うめたてち》の永久橋《えいきゆうばし》に向かっていた。

「旦那様、行き先は日本橋の南詰めのままでよろしいのですか」

「はい、わっしの用事は済みましたでな。桜子さんは小三郎に会って下書きを読んでいきますかな」

「いえ、本日は船頭の桜子でございます。もはや昨日で小三郎さんの聞き取りは終わっております。あとは小三郎さんにお任せします。わたしが読むとしたら、『江戸あれこれ』が売り出された折りでしょう」

「分かりました」

と応じたたちばな屋豊右衛門は日本橋南詰めの船着場で猪牙を下りると、言った。

「おお、そうだ、船賃はさがみのおかみさんに支払ってございますでな」

「ありがとうございました、お客様」

と礼を述べた桜子は猪牙舟の舳先を巡らせ、魚河岸に立ち寄ろうか、ならば客が拾えようと思ったが、江ノ浦屋五代目との今の曖昧な関わりを考えてやめておいた。日本橋川を一気に下って霊岸島新堀《れいがんじましんぼり》と大川の合流部に架かる豊海橋《とよみばし》を潜ろうとしたとき、大川端で舟を探している風情のふたり連れに気がついた。

「なんぞお役に立てましょうか」

猪牙を寄せて声をかけると、ふたりの女衆が驚きの顔で桜子を見た。

「おっ母さん、女船頭さんよ、たしか柳橋の船宿の、ひょろっぺ桜子さんと違いますか」

と娘か嫁か、女衆が桜子に視線を向けて質した。

「はい、かように背が高いもので若衆に間違われますが、いかにも女船頭の桜子にございます」

「なんと女船頭さんに当たりましたか。死んだ爺様は女好きでしたからな、自分の墓参りのために女船頭さんを私らにあてがわれましたよ、清《きよ》さんや、乗せてもらいましょ」

と婆様が言い、桜子は猪牙舟を船着場に寄せて竹棹で動かないようにして老婆をまず乗せた。

「いい日和《ひより》でございますね。お婆様、身罷られた爺様の墓所はどちらでしょうか」

「横川《よこかわ》の法恩寺《ほうおんじ》ですよ。承知かな、女船頭さん」

「はい、南本所《みなみほんじょ》のその名も法恩寺橋の東にあるお寺様ですね」

「おうおう、よう承知ですよ」

と老婆を胴の間に敷いた座布団に座らせ、嫁の清を続いて乗せた。

「お婆様、読売で娘船頭さんのことを読んだ覚えがありましたね、一年以上も前でしょうか。そうだ、私ども親父様の猪牙に乗ったこともありますよ、お婆様」

と嫁女が姑《しゅうとめ》に思い出させ、

「おお、柳橋の広吉船頭ね、承知ですよ」

とお婆が声を張り上げて、桜子を見た。

「お父つぁんのお馴染み様でしたか、父は身罷りましたが娘のわたしがそのあとを継ぎました。ところが、娘船頭としてお披露目したにも拘《かか》わらず、いささか事情がございまして江戸を不在にしておりました。こたび改めて出戻り船頭として働きます。御用の節は、どうかお声をかけてくださいまし」

「うちは霊岸島新堀の古木問屋です。本日は店の船が出払っておりまして困っておりました」

「飛驒《ひだや》屋のお婆様とお嫁様でしたか。なんぞあれば小僧さんをお使いに立ててくだされぱどこへでも参ります」

と桜子はふたりの女衆を乗せて大川へと舳先を向けた。

三

桜子が柳橋の船宿さがみの船着場に猪牙舟を着けたのは昼を回って八つ（午後二時）の刻限に近かった。

「おお、よう働いたようだな」

とヒデが迎えた。

「お客様はふた組だけなの。だけど、ふた組めのお婆様とお嫁様がお墓参りのあと、南本所界隈をあちらこちらと周遊してお蕎麦《そば》まで馳走になり、霊岸島新堀の古木問屋さんまで送っていったから遅くなっちゃった」

ヒデが舫い綱を受け取り、桜子に寄ってきて、

「となるとそのふたりの女衆、二刻（四時間）近くも桜子さんの猪牙舟を独り占めしたか」

「そうね、そのくらいごいっしょしたかしら。女船頭が珍しかったのか、わたしの身許《みもと》を承知しておられたゆえ安心されたのか、そんなとこでしょ」

「こんなことは滅多にあるめえ、桜子さんはいくら舟代を求めたのよ」

「相手は飛騨屋のお婆様とお嫁さんよ。こちらからいくらいくらなんて言えないわ」

「えっ、そんなこと言ったたって相手が二朱《しゅ》ぽっちをよ、舟賃って渡したら桜子さんは黙って受け取ったか」

「お気持ち次第だから快く受け取るわね」

「ううーん、二刻もごいっしょしてたった二朱な」

とヒデは訝しい顔をした。まだ船頭の年季が浅いヒデにはこのあたりの客あしらいが理解つかなかったようだ。

「それが猪牙舟の船頭の心意気よ。でも、飛騨屋のお婆様は一分《ぶ》下された」

しばし桜子の言葉をどう受け止めていいか迷っていたヒデが、

「おお、やったな。おれの日給の倍以上だぞ」

とこんどは羨《うらや》ましそうな顔をした。

「知らない仲の男船頭だと、法恩寺橋まで送って二百文よね、それが本所をゆったりと周遊して女同士三人しておしゃべりし合って一分も頂戴したのよ」

「やっぱり女船頭で人気のひょろっぺ桜子さんだから出来る稼ぎだよな。おれのような馴染みのない男船頭だとこうはいくめえ」

「うちのお父つぁんもかような折りはお客様の気持ち次第、自分のほうからいくらいくらとは言わなかったわね」

「桜子さんの親父さんは長い船頭暮らし、よく顔が知られていたからな」

「ヒデさんも年季を積んでお馴染みさんを増やすことね」

と言ったところに親方の猪之助が船着場に下りてきて、

一新米のヒデとひょろっぺ桜子では比べようもないやな。そうか、霊岸島の古木問屋のお婆様と知り合ったか、本日の舟賃よりも馴染み客になったことのほうが大きいや」

と途中からヒデの声が大きくなったせいで、船宿にいたはずの親方の耳にも入ったか、そう言った。

「はい、お婆様のお連れ合いのお墓に線香を手向けさせてもらったことが、本日の一番の大事かと思います」

「そういうこった」

と応じた親方が、

「桜子、奥に小龍太さんからの文が届いていらあ」

「えっ、文ですか」

「おお、江ノ浦屋の五代目だけが先に魚河岸に戻ったそうだ。小春が文を持っているぜ」

「ならば、文を読ませてもらいます」

と答えた桜子が、

「親方のところにはなにも」

「ねえな。おまえに宛てた小龍太さんの文に、どこにいるのか、いつ帰ってくるのか書いてあろう。もし書いてなきゃあ、おまえさん方の祝言どころじゃないぜ。明日には例の素描の枠付き五十五枚が四条屋から届くというのによ、肝心の婿《むこ》がいなくちゃ、桜子独りの披露になるぜ」

と案じた。

「わたしひとりで祝言ですか。小三郎さんになんて書かれるか知れたもんじゃありませんよ」

「ともかく文を読んでみねえ」

と親方に言われた桜子はさがみの帳場に行った。そこで小春が、

「なんぞ事が起こってなきゃあいいがね」

と差し出した文を受け取った桜子は、上がり框《かまち》に腰を下ろして封を披《ひら》いた。文はさほど長いものではなかった。ざっと最後まで読み終えた桜子が傍らで待っていた小春に差し出した。なにしろ祝言を控えている花婿小龍太の行動だ。さがみの女将としても気がかりだった。

桜子よりじっくりと小龍太の文を読んだ小春が、

「明日には柳橋に戻るという言葉を信じていいのかねえ」

と首を捻った。そこへ親方も姿を見せて、

「いいかい、親方にも読ませて」

小春の問いに桜子が頷き、小春から文を受け取った猪之助は、ふたりの女衆よりも熟読した。

「明日には柳橋に帰るっていうがどう思うよ、おまえさん」

「まずそちらは差しさわりあるめえ。だからよ、桜子もうちも粛々と祝儀の仕度をしようじゃないか。難儀は、小龍太さんの身柄を江ノ浦屋の五代目に抑えられたってことじゃないか。桜子に相談したいと認《したた》めてあるが、もはや決まったも同然だな」

と猪之助が言い切った。

「魚河岸の本業を倅《せがれ》に譲って、大旦那は異国の品を江戸で売る商いを本式に始めるようだな。五代目は慎重な気性の人ゆえ、まず公儀の手が入るような商いはなさるめえ。小龍太さんは交易の助勢をやる気かねえ。桜子はどう思うよ」

「江戸に戻って以来、わたしどもの身辺にあれこれと変化がございました。小龍太さんは薬研堀の棒術道場への未練を捨ててこの柳橋に出てきて、こちらの長屋にお世話になっています。もはや棒術を教える仕事より棒術が役立つ交易の場に立ちたいのだと、言葉の端々から察しています」

「桜子、おまえはどうなんだ」

と親方が質した。

「正直迷っております。江ノ浦屋の大旦那様はわたしが小龍太さんといっしょに異国交易の仕事をしてくれると信じておられるように思えます」

「私もさ、彦左衛門様のこのところの言動からそんな感じがするよ」

と小春が応じた。

親方と女将の言葉に頷いた桜子は、

「いっしょに異国の暮らしを見たふたりです。出来ればそうしたい気もしますが、わたしはわたしの道を歩いてみようかと、自分に言い聞かせています」

「どうしようというのよ」

「親方、おかみさん、わたし、女船頭を続けたいと思います」

「江ノ浦屋の五代目の新たな仕事は船宿と比べようもねえほど、規模が大きくてよ、稼ぎもよかろうじゃないか」

はい、と頷いた桜子は、帳場座敷の上がり框から二階の大広間の方角を見上げた。

「あの二枚の絵が桜子を船頭に引き留めたか」

猪之助親方が桜子の眼差しから察して問うた。

「はい。お父つぁんとの暮らしで受け継いだ船頭仕事、得心がいくまで務めとうございます。親方、おかみさん、そう願えませんか」

「小龍太さんとよ、長い歳月離れて暮らすこともありうるぜ」

「覚悟の前です」

「おめえが女船頭を続けてくれるならば、うちはどれほど喜ばしいか」

と応じた猪之助の言葉には安堵と不安が入り混じって感じられた。

「桜子、まずは祝言を為してさ、小龍太さんととくと話し合いなされ」

と言う小春の顔にはほっとした表情があった。


なんと大河内小龍太が柳橋に屋根船で戻ってきたのは祝言の当日、オランダ商館長江戸参府の絵五十五枚と二枚の絵の飾りつけがなんとか済んだ昼過ぎだった。しかも小龍太は祝言の黒紋付羽織袴姿だった。また屋根船には江ノ浦屋の五代目彦左衛門と内儀《ないぎ》の和子《わこ》の夫婦が乗っていた。姿は見えなかったが何人か人が乗っている気配もあった。

それを見た猪之助親方が、

「やきもきしたぜ、本日これから小龍太さんと桜子ふたりの祝言を催していいんだよな。内々の客だがよ、祝言が延びるなら、どう許しを乞おうかと悩んでいたところだ」

と船着場から声をかけた。

「親方、おかみさん、桜子、心配をかけて申し訳ない。それがしの立場は祝言の場で話したい」

と小龍太が船の上から答えた。

その言葉を聞いた桜子は、彦左衛門の異国交易、江戸会所の開設にすでに小龍太が加わってしまったことを察した。

「さがみの親方おかみさんを筆頭にご一統様を案じさせた責めはすべて事を急いだ私にございます。大変申し訳なく思います。そのついでといってはなんですが、私の立場がいささか変わりましたのでそのことをこの場でお断りしておきたい」

と前置きした彦左衛門は、江ノ浦屋を嫡子に譲り、自分は隠居して新たな商いに専念したいと告げた。さがみの夫婦はおおよそ察していた話だったが、当人の口から聞くのは初めてだった。

「大旦那様、本日の仲人も隠居として仕切るということでよいのかな」

「そういうことです」

「隠居の名はなんだえ」

「楽翁《らくおう》と決めた」

「ふーん、江ノ浦屋の隠居楽翁か、悪くねえ。桜子、それでもかまわないな」

と猪之助が桜子に質した。

桜子は小龍太を見た。

「それがしも大旦那どのが五代目を退いて六代目彦左衛門の名を嫡子に譲られたことをつい最前聞かされたばかりだ。名もなきわれらの祝言だ。仲人どのの肩書が江ノ浦屋五代目彦左衛門であれ、隠居の楽翁であれ、それがしは一向に構わん。どうだな、桜子」

「小龍太さん、わたしもなんの差し支えもありません」

との問答を聞いた楽翁が、

「さがみの親方、勝手を申して相すまぬがよろしく頼みますぞ」

と屋根船の上から頭を下げて、内儀の和子と小龍太と桜子の三人もそれに倣った。

「楽翁様よ、小龍太さんと桜子の祝言仕度、うちでやってよいのかな」

親方が早速気がかりだった一事を尋ねた。

「それでもかまわぬが、私が常々娘と呼んできた桜子の嫁入り仕度、この屋根船のなかで為してはなりませぬかな。父親でもある私が娘の花嫁衣裳を用意し、髪《かみ》結《ゆい》も呼んである」

と桜子と小龍太が準備のために交代することを願った。

桜子は小春と相談し、小春の嫁入りのときの衣装を借りる心づもりであった。

だが、「父親」が「娘」の仕度をしたいというのならば、それに従うべきかと小春と眼差しを交わし、互いが得心した。

羽織袴に脇差を差し、同田貫上野介を手にした小龍太が屋根船を下りた。入れ代わりに桜子が屋根船に乗り込もうとしたが、動きを止めて小龍太を見た。

「桜子、そなたにはだれよりも早くそれがしの気持ちを伝えたかったが、かような仕儀になった。相すまぬ」

「それはお互い様です」

「どういうことかな」

「わたしどもは夫婦になりますが、夫婦であっても向後歩く道が異なることがございましょう。互いが相手の気持ちを大切に思うなら裏切りにはなりますまい」

「いかにもさよう。そなたも迷いを振り払ったか」

「はい。身罷ったお父つぁんと歩いてきた猪牙舟の女船頭の道を歩きとうございます」

「そうか、そう決めたか」

「小龍太さん、桜子が三つの折りから毎夜見てきた『夢よ、夢』にございます」

『夢よ、夢』な。そなたが選んだ道だ、とことんつき詰めよ。なんぞ新たな迷いが出た折りは、最初に亭主のそれがしに、大河内小龍太に相談してくれぬか」

「旦那様、むろんのことでございます」

「しばしの別れじゃ、この次に会うのは祝言の場じゃぞ。その折り、そなたはそれがしの」

「嫁女にございます」

頷き合ったふたりの手が握り合わされた。

その瞬間の光景を絵筆を握った北洲斎霊峰絵師が柳橋の上からせっせと描いていた。

その宵、柳橋の船宿さがみに駕籠や船で人が続々と集まってきた。

小龍太も桜子も内々の披露宴を願っていたが、ふたりが考えている以上の客になりそうだった。江ノ浦屋の隠居と船宿さがみが関わっている祝言だ、致し方なかった。

大河内家からは小龍太の両親が招かれていた。むろん祖父の立秋老も招待したが、

「もはや年寄りがしゃしゃり出る場ではあるまい」

と断られた。

立秋老は小龍太が己の香取流棒術道場の後継者になることを望んでいたが、小龍太はもはや棒術師範の役割に満足していなかった。異国体験が明らかに小龍太の生き方を変えていた。新たな道がどのようなものか気にはかかったが、

（もはや祖父の役目は終わった）

と若いふたりの門出《かどで》に立ち会うことを止めた。

小龍太と長年道場で競い合ってきた門弟たち五人が出席したいと押しかけてきた。直参旗本の次男、三男いわゆる「部屋住み」の面々だ。小龍太と同年配の前園久三郎や桂敬三郎《かつらけいざぶろう》らは、祝言が始まる一刻以上も前にやってきて小龍太と面談

した。

「若先生の嫁女がわれらの仲間のひょろっぺ桜子とはな、当然のようでもあり、訝しくも思う。われら、門弟だれしもが桜子を好いてはおったが、あの背高のっぽで棒術の達人の桜子につり合う相手は若先生しかおらんからな」

と慨嘆した。だが、久三郎らが小龍太と面談しようとしたのはそんな話をするためではなかった。

「若先生、そなたの文を読んだ。念押しするが文の内容は真《まこと》の誘いであるな」

「ご一統、もはやそれがしはそなたらの師ではない。その呼び方はなしだ」

「どう呼べばよい」

「後日、そなたらとそれがし、話し合いたい。その場でそれがしの役割を告げる。それまでは小龍太と呼んでくれぬか」

「文にははっきりと交易に関わる職だと認めていなかった。ゆえに文の文言から察したそれがしの推量を、この場で確かめたいのだがな」

部屋住みの五人にとって職を得る話はなにより関心事だった。

「答えられる問いには答えよう」

「そなたの主《あるじ》が新たな交易を企てておられるのだな」

「さよう」

「異国交易か」

「答えられぬ」

にやりと笑った久三郎が、

「相分かった」

と答えた。

「われらに給金は出るのだな」

「出されよう」

「ほう、出されようとは曖昧かな。主がどなたと問うても大河内小龍太どのは答えまいな。ゆえにそれがしが口にする名の人物かどうか、当否を頷きで返してくれぬか」

久三郎の問いに、しかし小龍太は答えなかった。部屋住みがどんな境遇か、小龍太もとくと承知していた。小龍太も部屋住みの身分だが、大河内家には香取流棒術が継承されて、小龍太は棒術師範としてわずかだが実入りがあった。だが、久三郎や敬三郎らは、

「三杯目にはそっと出す」

難儀な立場だった。そんな久三郎らに小龍太はひとつの提案を為したのだ。当然久三郎らのほうも提案の内容を少しでもはっきりと知った上で検討したかった。

「今宵の宴にその御仁は招かれておられるか」

小龍太はふたたび沈黙で応じた。

「おられぬのか」

小龍太は首を横に振った。

「おお、おられるのだな」

小龍太は瞑目した。

その行いに、

「われらを招かれた側か」

と久三郎がうんうん、と得心した。

次第に柳橋の船宿さがみには招待客が揃ってきた。

桜子の幼馴染みのお琴こと横山琴女は従兄の相良文吉とともに祝いに駆けつけた。大河内家の当主夫妻も客として姿を見せた。そして、そのようななかに、読売「江戸あれこれ」の書き方の小三郎がいて、招かれた客たちに「最前売り出されたばかりの『江戸あれこれ』にございます。今宵の祝言の裏話が書かれておりますゆえ、どうかお読みくだされ。祝言が何倍にも驚きのものになりましょう」

と配った。

四

船宿さがみの表口に、

「大河内小龍太　祝言および
　桜子　阿蘭陀甲比丹《オランダカピタン》江戸参府絵御披露目」

との看板が麗々しくも掛けられ、その両側に一枚目と二枚目の枠付きの素描画が飾られていた。

「ほうほう、これが肥前長崎の港と町並みですか」

「ご覧なされ。オランダ商館のある出島にオランダの旗印が靡《なび》いていますな」

「色を加えられておりますともっと見ものでしょうね」

などと招待客が言い合った。

さらに船宿さがみの屋内にも北洲斎霊峰絵師が枠を工夫した江戸参府画が、まるで江戸に向かうように、いや、若いふたりの祝言の場に誘うかのように順を追って飾られていた。

道中画は二階の大広間の床の間の白い布がかけられた二つの額へと続いていた。

その前の花嫁花婿と仲人の席は未だ無人だった。

「あれが『二枚の絵』ですかな。隠されていますで、読売の『江戸あれこれ』がご大層に告げる絵がどんな驚きか分かりませんな」

「裏話というても、あの読売の曖昧な書き方ではいったいなんのことやら」

と客たちは言い合い、なかには小三郎に向かって、

「あんたの読売では小龍太さんと桜子ちゃんの祝言が催されることは分かっても、『二枚の絵』なるものが、どんな驚きかさっぱり分かりませんぞ」

と不平を言う者もあった。

「お客人、しばし皆さんが大広間に集うのをお待ちくだされ。ただ今絵が披露されましょうからな。読売に前もって事細かに書いたほうがよかったかどうかはその折り、ご一統様の胸に問うてくだされ」

と小三郎が言うところに、船宿の猪之助親方と女将の小春が姿を見せて、

「ご一統様、お待たせ申しましたな。お席に着かれる前にお膳の後ろがわに一列

に並んでくれませんか。へえへえ、それでな、二枚の絵をご覧頂いたあと、それぞれ名が書かれた席にお座りくだされ」

と言い、ふたりは二枚の絵の傍らに立った。そして、招待客が行儀よく一列に並んだのを見て、小春が、

「一番手の大河内の殿様とご新造様、こちらにお出でくださいまし」

と先頭に立った当代の大河内夫妻を招いた。むろん花婿小龍太の実の両親だ。

「女将、なにやら仰々《ぎようぎよう》しいのう。たかが絵であろう。オランダ商館長の江戸参府は何枚も見せられたぞ、そのうえなにをわれらに見せようというのだ」

と大河内の当代がいささかむっとした顔で言い放ったとき、

「おまえさん、白布をとりましょうか」

と小春が猪之助に言い、ふたり同時に布を剝ぎ取った。

「うーむ、こちらは色がついておるか」

「あら、おまえ様、柳橋の名物神木三本桜ではありませんか」

「ほう、なになに、オランダのコウレル絵師が描いた『花びらを纏った娘』とな」

と額装の下の説明を読んだ大河内の当代が、

「この娘の顔に覚えはないか、奥」

「お、おまえ様、桜子さんですよ。幼い折りの桜子ちゃんが描かれておりますよ」

「奥や、こちらの絵は『チョキ舟を漕ぐ父と娘』とあるぞ。この娘も幼い桜子か」

「はい、桜子ちゃんに間違いございませんよ。となるとこの柳橋下の猪牙舟の船頭は花嫁の父親の広吉さんですよ」

と夫婦で言い合う声に行儀よく並んでいた招待客が二枚の絵の前に集まってきた。

「ご一統様、わっしがこの『二枚の絵』の由来を詳しく読売に書かなかった曰くをこの場で説明しますでな。とくとお聞きくだされ」

と前置きした小三郎が、

「この二枚の絵はオランダ商館長の付き人として江戸に参府して長崎屋に逗留していた、コウレルと申すオランダ人が描いたものですよ。元々絵描きを志していたこの若い御仁はいまから十六年前、この柳橋近くに止めた御忍駕籠のなかから、神木三本桜と柳橋を潜る猪牙舟をこっそり覗き見て描いたのでございます。はい、お察しのとおり本日の花嫁桜子さんの三つの折りの姿と、娘の祝言を見ることなく身罷った父親の広吉さんの姿ですぞ」

との説明に披露宴の招待客の間から最初の驚きの声が漏れた。

「えっ、異人さんが十六年前に描いたのか」

「こんな絵がどこにありましたな」

と問う声がした。

「そこですよ、お客人。三つの桜子ちゃんを異人が描いた絵があるのも驚きならば、花嫁の桜子さんが肥前長崎にて、この二枚の絵に出会った経緯はさらに不可思議ですぞ」

と前置きした小三郎が手短に説明した。

「なに、桜子は江戸を不在にしていた折り、長崎に滞在し、自分の幼き姿を描いた『二枚の絵』と出会ったというか」

「はい、もはやコウレルさんは本国のオランダへと何年も前に帰国しておりましたがな、偶然にも新たに出島にやってきたケンプエル医師が絵と日記を見つけ、ここだけの話ですが、これまた偶さか出島に招かれていた桜子さんの出自を知って、絵に描かれた幼い桜子と成人した桜子当人を引き合わせたってわけでさあ」

「なんとも驚きいった話だが、つくり話ではあるまいな」

「祝言のあとで花嫁の桜子さんがこの絵に会った経緯と驚きを本人から聞きなされ」

「いや、聞かずともこの三つの桜子の面持ちがつくり話ではないことを示しておりませぬかな」

　と別の招待客が言った。

「おお、いかにもさようですよ。神木の三本桜に三つの桜子が厳かに拝礼しておるのかな、この顔付きは幼い娘の純真無垢というだけではなさそうな」

「全く仰るとおりでございますよ、浅草《あさくさ》下《しも》平《へい》右衛《え》門《もん》町《ちょう》の船宿のご主人、この絵の面持ちが表すものをわっしがこんなおめでたい席でさかしら顔に述べるのがいいことか悪いことか知らないわけじゃない。だが、ご一統様もご存じのことですからあえて野暮を申します。

　桜子さんが三つの折り、おっ母さんのお宗《むね》さんがこの柳橋を出ていかれましたな」

「おお、若い男と出ていったぞ」

「幼い娘を捨ててな」

という呟きが一座から漏れた。

「そのあと、広吉さんと三つの娘のふたり暮らしが始まりました。その当時の桜子ちゃんを御忍駕籠から描いたのが、最前申したコウレルっていう絵描きを志すオランダ人でした。桜子さんに直に接することもなく、コウレルは遠くから神木三本桜に祈る幼い娘の横顔を見て、その表情に込められた深い哀《かな》しみを察したのですよ」

「なんてこった」

招待客が二枚の絵に寄ってきて凝視した。

「私どもは花嫁桜子の過ぎし日の哀しみに接しておりますか。なんと三つの桜子の哀しみを異人さんが察してくれましたか。だがな、異人さんはオランダに戻ったとおまえさんは言いなさったな。なぜこの絵を長崎に残していかれたのであろうか、まさか十数年後に桜子と出会うことを想像していたとも思えないがね」

「そこですよ。異人の絵師が絵を描くやり方は、江戸参府のような素描に始まり、この二枚の絵のように淡い彩色を施した絵を何枚も描いて、最後には油で練った絵の具を使って仕上げるそうな。コウレルより後年に出島に滞在したケンプエル医師は、コウレルが船に載せる荷物の都合もあって素描だけを持ってオランダに戻り、あちらでこの『花びらを纏った娘』と『チョキ舟を漕ぐ父と娘』を油絵の具で仕上げたはずだと桜子に説明したそうな。事実、その二枚の絵は仕上げられて、後年展観の機会を得ると大評判になったということだ。オランダの人々も桜子ちゃんの幼い愁いと哀しみに感じ入っているにちがいないよ」

「そうか、オランダにもこのふたつの絵はあるのか」

「はい。そして、十六年後、絵のなかであんなに幼かった桜子ちゃんが本日、花嫁として大河内小龍太様と祝言を挙げられるのですよ」

と小三郎が言ったとき、仲人の江ノ浦屋の隠居の楽翁と花婿の大河内小龍太が姿を見せ、一座の招待客三十数人がそれぞれの座に着いた。

「江ノ浦屋のご隠居、この二枚の絵が花嫁に渡った経緯は『江戸あれこれ』の小三郎さんから聞かされましたよ。世の中にはかように摩訶《まか》不思議な出来事があるのですな」

と言い出したのは米沢町《よねざわちょう》の古町名主の山城屋喜右衛門《やましろやきえもん》だ。

「私も初めてこの絵に接して経緯を聞かされたとき、しばし信じられませんでした。ですが、最前どなたかが申されたように幼い桜子の祈りは本物です。これほど惹《ひ》き込まれる絵を私は知りませんぞ、山城屋さん」

「そこです。小三郎さんがこの祝言のあと、明日にも本日の読売よりも詳しい内容を書いた読売を売り出すそうです。となるとだれもが二枚の絵に関心を持ちましょう。この絵をな、私どもだけで見ていてよいのでしょうかな」

「もっともこのさがみにこのまま飾りっぱなしにするとなると船宿の仕事にも迷惑がかかりますな。別の場所で、ある程度の日数を設けて絵の展観をやられませぬか、大評判を呼びますぞ」

と別の客が言った。

「当然ですな」

と江ノ浦屋の隠居が胸を張った。

「なんですね、五代目彦左衛門さん、いや、隠居して楽翁さんでしたな」

「はい、もはや私、魚河岸の本業を倅に譲りましたで隠居です」

「隠居とは申せ、そなたが盆栽いじりをするとは思えない」

と招待客のなかから声がして、

「そうだそうだ、この隠居さん、ひと稼ぎする気満々ですな」

と別の客が応じた。

「はい、仰るとおり私め、あの世に行く前にこの江戸のために景気を甦らせとうございます」

「ほうほう、いったいどこでさような大商いをなされますな、楽翁さん」

「はい、ただ今大風呂敷を広げとうございますが、傍らには花婿の大河内小龍太様がお立ちにございます。私の商い話よりも、まずは祝言の前にこの二枚の絵を賑々しくお披露目する話が先ではございませんか」

との楽翁の言葉を受けて、

「さあ、花婿も仲人ご夫婦もさらにはご一統様もそれぞれのお席に着いてくれませんかえ。うちにこの絵が残されてな、小三郎さんの読売を読んだ大勢の江戸っ子が幼い日のひょろっぺ桜子の絵を見物に来られたらうちの商売上がったりでしょう、出来れば楽翁さんのお考えを早々に聞きとうございますな」

さがみの主の猪之助が応じた。

武家も居れば商家の主も、さらには小龍太の棒術の門弟の部屋住みの面々も居りと、なんとも多彩な顔ぶれの招待客三十余人が席に着いた。

「改めて申し上げます。私は新たな商いのために楓川の海賊橋の傍にそれなりの広さの土地と手を入れた大きな蔵を所有しております、ええ、未だ商いの品はほとんど入っておりませせぬ。その蔵にな、明日からこの二枚の絵を主に、オランダ商館長の江戸参府の素描画五十五枚を配して飾ろうかと思いますが、この件、いかがかな、さがみの猪之助親方や」

「楽翁様、うちは絵が消えるのはいささか寂しゅうございますがいつまでも商いに差し支えるのも困ります。ぜひ楓川のそちらにお引越しのほどをお願い申します」

「おお、それはよかった。むろんこの一件、桜子も小龍太様も承知してくれておりますでな」

と言った楽翁が「江戸あれこれ」の小三郎を見た。すると、

「ついさっき仲人の楽翁様からこの話、お聞きしました。うちの読売を買ったお客がその足で海賊橋際の新たな会場に詰め掛けますぞ、間違いございません」

と応じた。

「おお、なんと楽翁さんは日本橋川の傍にさような建物をお持ちか、江戸っ子が詰め掛けるにはなんとも便利な場所ではございませんかな」

「その蔵に飾られるのは私たちが拝見したこの二枚の絵とオランダ商館長一行の江戸参府の素描ですかな」

との問いが出た。

「そこですよ」

「おや、楽翁さんにはなにやら新たな考えがありそうな」

「いえ、これは私の案ではございませんでな、まず隣に座る花婿の大河内小龍太様と小三郎さんの知恵を合わせた考えが、新趣向として加わります」

「楽翁さんや、新趣向とはなんですな」

「明日の『江戸あれこれ』を買った江戸っ子は当然本日の祝言に関心を持ちましょうな。ですが、祝言は本日催します。むろん小三郎さんが読売に祝言の様子を克明に書かれましょうが、そうなるとなおさらご当人の、つまりひょろっぺ桜子とこちらの小龍太様の顔が見とうなりませぬか」

「なになに、明日からその蔵でご両人が鎮座して客を迎えますかな」

との猪之助親方の問いに、

「それは困る、それがしと桜子の祝言は一度で結構、われらふたり、見世物《みせもの》ではないでな」

と小龍太が言い出し、

「はいはい、この楽翁がついていてさような無様《ぶざま》はさせませんぞ、小龍太様。いいですかな、北洲斎霊峰絵師がこたびの祝言の前からおふたりの模様をあれこれと絵にしております。どうやらこのこと、小龍太様が『朝の光で神木三本桜を見よ』と霊峰絵師にいったのがきっかけに始まったそうな。この霊峰絵師の絵も、異人の絵描きの『花びらを纏った娘』と『チョキ舟を漕ぐ父と娘』の傍らに掲げようというのが小三郎さんの考えでしてな、ほれ、あちらからただ今も絵筆を動かしておりましょうが」

と大広間の一角からこの祝いの席の様子を描いている霊峰絵師を楽翁が差した。

「それはおもしろい催しかな。私らも知らぬ絵が加わるのです、楽しみですな」

「いや、楽しみなんて暢気《のんき》な話で終わらせてはなりませんぞ。この場とは違い、明日からの会場では、いくらか見料を頂戴してはいかがですかな」

とまだ披露宴の酒も口にしていないというのに、あれこれと招待客から考えが湧いてきた。

「桜子やそれがしを描いた霊峰絵師の絵が加わるとは申せ、見物に来た皆々からお代をとるのはいかがでしょうかな。きっと桜子も反対しましょう」

と小龍太がふたたび口を出した。

「さよう申されると思うておりました。そこでな、小三郎さんとも話し合い、入り口に竹籠《たけかご》なんぞを置き、絵をご覧になった最後に一文でもよし、むろん入れなくてもよし、銘々のお気持ちを頂戴するという趣向はどうですかな」

「いつぞや、桜子さんの娘船頭披露の折りは、十三両と百何十文か集まりましたな。あの折りは読売で前もって広めたわけでなし、桜子さんの名だけで当日のうちにあれだけの大金が集まりました。こたびは異人さんが描いた幼い桜子ちゃんの絵と、霊峰絵師の花嫁姿の顔合わせとなればそれなりの金子が集まりますぜ」

とわいわいがやがや言い合うところに花嫁の仕度がなったと仲人の楽翁のもとへ使いが知らせてきた。

「長らくお待たせ申しましたな。花嫁ひょろっぺ桜子の入場にございますぞ」

と楽翁が言い、仲人の和子が座敷から花嫁を迎えに行った。

どこからともなく三味線《しゃみせん》と竹笛の調べが響いてきて会場のだれもが居住まいを正した。

和子に手を引かれた桜子が清々《すがすが》しい白無垢姿でゆっくりと登場し、

「おお、美しい花嫁さんや」

「桜子さん、おめでとう」

と会場のあちこちから声がかかった。

そんな様子を見ながら黙々と絵筆を動かしているのは北洲斎霊峰絵師だった。

船宿さがみの外から、

「桜子、おめでとうさん」

「よかったな」

と船頭仲間が大声を上げて祝福する声が聞こえてきた。

桜子は和子に手を引かれつつも、会場に参列した人々に挨拶をして回り、二階の大広間の開け放たれた障子窓から宵闇《よいやみ》の常夜灯の灯りに浮かぶ柳橋を見た。

すると神田川に浮かべた猪牙舟に幼馴染みの芸者、軽古《けいこ》と吉香《きちか》が座して三味線と竹笛を奏しながら花嫁に会釈を送っていた。柳橋の上にも大勢の人が集まっていて、

「ひょろっぺ桜子、おめでとう」

「大河内の若先生とさ、幸せになるんだよ」

と叫んで祝ってくれた。

「柳橋にお集まりの皆々様、高いところからではございますが、桜子、小龍太さんと所帯をもちます。どうか向後とも女船頭の桜子と亭主の小龍太ともによろしくお付き合いのほど、御《お》願《ん》い奉《たてまつ》ります」

と挨拶すると、やんやの祝いの言葉が橋の上と下から返ってきた。

花嫁は綿帽子、打掛、掛下、帯、小物まで純白の白無垢がよく似合っていた。

「桜子ちゃん、私たちも招かれているのよ、そちらに行くね」

と軽古が竹笛を口から外して手を振り、三味線の吉香とともに船宿さがみの船着場にまさに上がろうとしていた。

長い祝いの一夜は始まったばかりだった。

第五章　絵師霊峰の挑戦

一

大河内小龍太と桜子の祝言の宴は夜通し続いた。

だが、若い連中は夜半に宴の場から立ち去り、船宿さがみに飾られていた五十五枚のオランダ商館長江戸参府の絵を外して、江ノ浦屋の隠居楽翁の船に積み込んでいった。その船内には小龍太と桜子の暮らしぶりや祝言の模様を描いた北洲斎霊峰の絵もすでに多数積み込まれていた。

屋根船には楽翁の信頼する番頭格の稲佐山の丙左衛門らが呼び出されて乗り組んでいたので作業に差しさわりはなかった。

そこへ小三郎と小龍太のふたりが姿を見せて、小三郎が棒術の門弟やお琴こと

横山琴女と従兄の相良文吉らに、

「すまねえが、最前の話し合いどおりにこれらの絵を楓川海賊橋際の蔵に丁寧に運び込んでくださいな。花婿はこちらの場を外せねえし、わっしと皆さんで一応の飾りつけの下拵えをしておきたい。明日の昼には読売を売り出しますでな、そのあとは、絵を見に来られる人々でごった返しますぞ、ひょろっぺ桜子の祝言話に珍しい絵の話が加わるんだ、大売れ間違いなし。となると今晩じゅうにあちらの会場の仕度をしておきたいんで」

と作業の段取りを念押しした。小龍太が、

「飾りつけを担う霊峰絵師は今、宴の場から離れて海賊橋の蔵に同行することはできますすまい。それがしもこちらの絵の引っ越しに立ち会いましょうか」

と気にしたが、

「花婿が披露宴の席を離れるわけにもいきますすまい、お招きした客の手前まずいですよ、小龍太どの」

と文吉が言った。

「いやはや、年寄り連はよくお酒を飲むわね、呆れた」

「江戸の祝言は夜通しと決まっておる。最初からその気です、致し方あるまい」

とお琴と文吉が言い合った。

「ともかく花婿の小龍太さんが宴の場を外すのはまずかろう」

小三郎が文吉の考えに賛意を示すところによろよろと大酒飲みの霊峰絵師が姿を見せて、

「仕切り役のわしもあちらに参ろう」

と言い出した。

「霊峰どの、桜子はどうしていますな」

と小龍太がまず花嫁を気にした。

「おお、ひょろっぺ桜子は人気者ゆえな、年寄り連が一瞬たりとも手放そうとはせぬわ。花婿も早々に宴の場に戻りなされ。わしが会場の飾りつけを差配しますでな、案じなさるな」

と霊峰が請け合った。

「酒に酔うてはおりませせぬか」

「あの程度の酒は、わしにとって酒ではない、水みたいなものでな。そなたに勧められて神木三本桜に拝礼して以来、絵と接しておるのが酒を飲むより楽しくなったのだ」

「ほう、それはなによりでした。ではそれがし、宴の場に戻ります。朝には桜子といっしょに隠居の楽翁の蔵に参りますでな」

「あら、小龍太さん、今宵は桜子と過ごす大事な宵ではないの」

と桜子の幼馴染みの芸者軽古が言った。

「われら、長い旅をいっしょにしてきた間柄じゃぞ、もはや夫婦同然の暮らしでな」

と小龍太が言い放ち、

「おうおう、ひょろっぺにべた惚れの棒術の若先生がよくいうわい」

と霊峰が応じて、

「そうじゃ、宴の場に一番大事な二枚の絵は最後まで残しておく。宴が果てた折り、あの二枚の絵は床の間から外して海賊橋へ必ず運んできてくれぬか、花婿さん」

と願った。

どうやら大酒飲みの霊峰絵師、よろけている割には、さほど酔っているわけではなさそうだった。

「相分かりました。あの二枚の絵は必ずやそれがしがあちらに運んで参ります」

「頼んだぞ」

と繰り返し念押しした北洲斎霊峰が自分の屋根船に乗り込もうとした。

「えっ、こちらの船に乗っていかれるのではないのですか」

とお琴が、酔っていないと本人は言うものの霊峰の身を案じて言った。

「おお、こちらにはわしの身内の犬猫が乗っておるでな、わしの画房兼住まいを当分楓川に舫ってあちらで暮らすことになろう。こちらの祝言よりあちらで絵を飾ることを考えるほうが楽しゅうてな、わしの絵も飾っていいと皆がいうで、殊《こと》更《さら》満足よ。花婿さん、わしのぼろ船の舫い綱を解いてくれぬか」

と霊峰が乗り込むと屋根船のなかから犬が吠えて猫の鳴き声もした。

「絵師どのだけでは危なかろう、われらはこちらで参ろうか」

と相良文吉とお琴のふたりが霊峰のぼろ船に乗り込んだ。

絵を積んだ江ノ浦屋の隠居の立派な屋根船と霊峰絵師が漕ぐ古びた屋根船がさがみの船着場を離れて柳橋を潜って大川へと出ていった。

提灯を点した屋根船二艘が姿を消すまで見送った小龍太は、宴の場へと戻っていった。

船宿さがみの祝言の場では、小龍太の父親が仲人の江ノ浦屋の楽翁に、

「このたびは倅が世話になり申した。それがし、習わしばかりでがんじがらめの武家奉公ゆえかような多彩な人士が賑やかに集う祝言の席は初めてでござる」

と礼を述べた。

「大河内の殿様、私の娘が大河内家の身内に加わります。どうか向後とも嫁の桜子をよろしくお頼み致します」

と仲人であり親代わりでもある楽翁も頭を下げた。

「わが棒術道場に八歳の折りから稽古に来ていた娘が次男坊の嫁になるなど夢にも考えませんでしたぞ。最前から見ておると花婿の倅より花嫁の桜子がしっかり者というのがよう分かり申した。江ノ浦屋どの、頼みますぞ。なんとか倅を一人前に育てて、桜子に迷惑が掛からぬようにしてくだされ」

と願った。

「かような場で話すことではないかもしれませんがな、小龍太様には私の新たな交易の仕事を手伝ってもらうつもりです。殿様、ご新造様、桜子が私の娘ならば小龍太様は私の娘婿、ぜひとも若い夫婦の行く末を見守ってくだされ」

と改めて頭を下げた。

「桜子さん、そなたも江ノ浦屋の新たな仕事を手伝われますか」

と小龍太の母親が桜子に尋ねた。

「いえ、わたしは後ろの絵のお父つぁんのように猪牙舟の船頭を続けとうございます。猪牙舟の船頭仕事は生き方そのものでございます」

「ほう、女船頭を務められるか」

と舅《しゅうと》が桜子に質した。

「大河内家にとって船頭稼業はご迷惑でございましょうか」

「いやな、この祝言の場に参るまでそう思わんではなかった。だがな、そなたの言葉を聞いておると船頭仕事が心底好きだということが分かった。いや、身罷られた父御から関わっていた職じゃ、その考えは大事に致せ。もはや大河内家のように代々の武家暮らしの時世は終わったわ。江ノ浦屋のような商人がたがこの世の中を動かしておるわ。そなたはただの船頭ではない、柳橋の人気者で自在に生きておる。なぜ、わが父がこの祝言に出席しなかったか、それがしには分からん」

と言ったとき、小龍太が戻ってきた。

「父上、話が聞こえました。爺様は、桜子が可愛くてしかたがないのです。一方でそれがしはもはや香取流棒術の師範にも後継者にもなれぬ己を知り、薬研堀を出てきてしまいました。それ以来、爺様とは言葉を交わさず、今宵の祝言の場にも爺様の姿はありませんでしたが、海賊橋の絵の展観にはぜひお越しくだされと父上、母上から願ってくれませんか。大先生が来る日には必ずや桜子はあちらで待っておりますでな」

と小龍太が最後に桜子を見た。

「小龍太さんといっしょに大先生のご来場をお待ちします」

と桜子が言い切り、

「年寄りになると段々と頑固になるでな、桜子の名を出せば必ず参られよう」

「おまえ様、ご隠居様は孫娘には滅法弱いものでございますよ」

と当代の大河内家の夫婦が言い合った。

一方、楓川の海賊橋袂に絵を運んでいった面々は、江ノ浦屋の隠居楽翁の持ち物を初めて見て呆気《あっけ》に取られていた。

「ご隠居さんたら、この建物を一体なにに使う心算かしら。日本橋川の江戸橋の傍ら、場所といい、立派な普請《ふしん》といい、大変な買い物でしょうね。それをなにも使わずに遊ばせていなさるの。分限者は違うわね」

と言い出したのはお琴だ。

確かに武道場ほどもある広さの建物の床はしっかりとした板敷で、四方の壁は白漆喰《しっくい》だ。また高い天井の数か所に釣行灯《つりあんどん》が吊《つ》られており、その灯りが板の間を照らしていた。白漆喰の壁には幅二尺ほどの壁板が張り巡らされていて、東側の壁には二枚の絵を飾るための格別な板が張られていた。その左右は白漆喰のままだ。そして、いまひとつ二階建ての別棟が付属しており、それはこの建物が味噌蔵として使われていた折り、奉公人たちが寝食を為すための建物だった。そちらには台所もあり、二階には無数の布団が運び入れられていた。

いつかような造作がなされたのか、楽翁の奉公人稲佐山の丙左衛門ら以外はだれも知らなかった。なんにしても立派な空間だった。

そんな建物の一角に腰を下ろした小三郎が、先ほどまでの桜子と小龍太の祝言の模様を認め始めた。さすがは売れっ子の読売の書き方だ。すでに船中で文案は練っていたらしく、片手に広げた半紙にさらさらと認めていく。

「お琴、相手は江戸でも指折りの分限者じゃぞ、寺子屋にて子供たちからのわずかばかりの心付けが稼ぎの手習い師匠とでは比べものになるまい」

と刀の鑑定家にして研師でもある従兄の相良文吉が苦笑いした。

「そうか、そうよね」

と仲のよい従兄妹同士のやり取りを聞いていた北洲斎霊峰絵師が、

「うう―む」

と感に堪えぬように唸った。そして、

「かような場所にわしの絵を飾ってもらう機会は生涯に二度とないであろう。もちろんコウレル絵師の『花びらを纏った娘』と『チョキ舟を漕ぐ父と娘』の二枚がシテと重々承知しておるが、ツレやワキに過ぎぬわしもこの会場を見たらなにやら上気してきたぞ。知り合いに分限者がいるのはいいものだな」

と言い出した。

「ふっふっふ、怖いものなどなにもないかと思っていたら、変人霊峰絵師も案外人間くさいわね」

とお琴が言い、

「コウレルさんは絵師、霊峰さんも絵師、でもまだ私たちは北洲斎霊峰絵師の絵を知らないわよね。そろそろ拝見させてもらえませんか」

と言い出した。

お琴は幼馴染みの桜子の白無垢の花嫁姿を見たせいか、霊峰絵師と同じくらい興奮していた。

「なに、寺子屋の娘がわしに絵を見せよというか」

「だってこの広い建物に絵を飾るのよ。あの二枚の絵が評判を呼ぶのは分かっているわ。それに東洲斎写楽師の変わり者の弟子の絵がどう迫るのか見てみたいの。それから絵の飾りつけを考えればいいわ」

とお琴が言った。

「よかろう、寺子屋の娘の話に乗ろうか」

と答えた霊峰が、

「ご一統、すまぬがわしのぼろ船からこの数日で描きためた『娘船頭ひょろっぺ桜子の祝言』と名付けた絵をこちらに運ぶ手伝いをしてくれぬか」

「力仕事ならばわれらにお任せあれ」

とばかり大河内道場の門弟の次男、三男坊が腕を撫《ぶ》した。

「おうおう、頼もう。未だ絵の具が完全に乾いてはおらぬ。表装しておらぬものもあるで、丁重に頼むぞ」

いささか酒の席にうんざりしていた部屋住みの若い衆は、小龍太を通じて江ノ浦屋の隠居楽翁が新たに始める異国との交易に携わる仕事に誘われて、こちらもいささか上気していた。

「絵師どの、何枚ござるな」

「おい、船には犬が乗っておらぬか」

と言い出した者がいるところをみると犬嫌いも混じっていた。

「私が立ち会おう」

と相良文吉が若い衆に加わった。

柳橋から楓川の海賊橋までの船中、文吉は霊峰の画房兼住まいを見ていたから絵がどれほどあるかおよそのところは承知していた。

文吉が屋根船に入り、簡易な表装の終わった絵二十数枚を若い衆に手渡していった。

「なに、手伝えと申すから大変な数かと思ったがこの程度か」

と若い衆はあっという間にぼろ船から建物へと運んでいった。

すると建物のなかで北洲斎霊峰が、コウレル絵師の二枚の絵を飾る壁に向かってなにやら思案していた。

「絵師どの、絵はどこに置けばよい」

と前園久三郎が霊峰に聞いた。

「そのあたりに置いておけ」

「な、なんだ、最前は丁寧に扱えと言うたが、床に置いてよいのか」

「おう、それでいい」

と霊峰が心ここに在《あ》らずという表情で答えた。

それを不審に思ったのは読売の原稿を認めていた小三郎だ。

「どうしたよ、北洲斎霊峰さんよ」

「うーむ。あのオランダ人の二枚にわしの絵は到底敵《かな》わぬわ。なんというかあの二枚の絵からは、ふわっと物語が浮かんでこぬか」

「ああ、浮かぶ。三つの桜子の心根が漂っているな」

「わしの素描には迫力が欠けておる」

「いまさらどうしようというのだ、霊峰さんよ」

「この漆喰壁に悪戯《いたずら》してよいかのう。江ノ浦屋の隠居に怒鳴られようか」

「なにを考えてるんだえ」

「わしにも絵描きとしての意地がある。コウレル絵師の『花びらを纏った娘』と張り合うにはそれしかないわ」

と言い切った険しい表情を見た小三郎が、

「せいぜい悪戯してみねえ。楽翁様が激怒した折りはおれもいっしょに詫びようじゃねえか」

との言葉を聞いた北洲斎霊峰が、

「道具を持ってくる」

と自分のぼろ船に戻ると大きな木箱を運んできた。

だれもが霊峰の行いに注目していた。

「おまえさん方、すまないがこの場を外して建物の外に出てくれませんか」

と霊峰が願った。

一同は顔を見合わせたが霊峰絵師の険しい表情に気圧《けお》されて建物から出ていった。だが、ひとりだけ残っていた。「江戸あれこれ」の書き方小三郎だ。

「おまえさんも頼む」

「霊峰さんや、おれが唆《そそのか》した話じゃねえか。江ノ浦屋から出入り禁止をくらうときは、おれもおまえさんといっしょだぜ。さあ、好き放題に悪戯しねえ。おりゃ、祝言の原稿を目一杯書こうじゃねえか。おれとおまえさんの勝負でもあるんだぜ」

と言い切った小三郎に霊峰は頷くしかなかった。

二

蔵の会場を追い出された一同は、

「この際、少しでも体を休めていようか。北洲斎霊峰絵師の仕事が終わったら、われらの仕事が始まろう。一気に作業をせぬと『江戸あれこれ』の小三郎さんが申すとおり客が押しかけて来たときにまだ飾りつけが為っていないでは言い訳もできんでな」

との文吉の言葉にみな得心した。そこで別棟に入って二階の広間の隅に積んであった布団を敷いて眠ることにした。昨日から一睡もせずに披露宴で酒を飲み、そのままここに移動してきたのだ。男衆も女衆も疲れ切っていたから全員が布団にもぐり込むと、すとんと眠り込んだ。

どれほど刻が過ぎたか。

階下の台所からだれぞが調理でもしているようないい匂《にお》いが二階まで漂ってきた。

「おい、味噌汁のにおいだぞ」

「炊き立てのめしもあるかもしれんな」

と部屋住みの門弟たちが言い合った。

そのひとりが雨戸を開けると陽光が差し込んできた。

床《とこ》のなかからお天道様の位置を見たお琴が、

「もはや四つ（午前十時）は過ぎているわね。霊峰さんの仕事は終わったかしら」

「お琴、九つ（午前十二時）に近くないか。となると小三郎さんの読売が売り出されているぞ」

「そりゃあ大変だ、急いで飾りつけしなきゃあ」

三刻（六時間）あまり熟睡した面々が慌てて階下へ降りて行った。すると江ノ浦屋の女衆が握りめしを拵え、豆腐とわかめの味噌汁が大鍋にでき上がって、大どんぶりに大根漬けが山盛りになっていた。

「さあ、食べて。会場の仕度があるでしょ」

と女衆に言われて面々は急ぎ、握りめしを漬物と味噌汁で食すと蔵に向かった。

するとそこへ江ノ浦屋の隠居楽翁と小龍太が姿を見せた。

小龍太の両腕には二枚の絵、『花びらを纏った娘』と『チョキ舟を漕ぐ父と娘』

の包みが大事そうに持たれていた。

「ご隠居、さがみの宴は終わりましたかな」

　と文吉が聞くと、

「花婿が私といっしょにこちらに来たくらいです。今から一刻前には終わり、お客人は満足げにお帰りになりましたぞ。こちらにも顔出しすると言い残してな」

　と楽翁が答えた。

「小龍太どの、花嫁を放っておいてよいのか」

「こちらの手伝いをそれがしもしようと思いましてね。桜子はさがみで休んでおります。それより霊峰絵師は未だ絵の飾りつけをしておりましょうかな。そろそろ『江戸あれこれ』が日本橋界隈で売り出されますぞ」

「そうなのだ」

　この蔵の持ち主楽翁を筆頭に十数人の男女が会場の表口に立った。

「うむ、絵師が仕事をしている風はないぞ、小龍太さん」

　と門弟の前園久三郎が言った。

「戸を開けてみませんかな」

　との楽翁の言葉に道場の門弟衆が両開きの戸を開けると、床板の上にぺたりと座した北洲斎霊峰の疲れ切った姿があった。

「霊峰さんや、そなたの仕事は終わりましたかな」

楽翁の声にゆっくりと霊峰の顔が壁の一角を見た。そこにはコウレル画伯の二枚の絵が飾られる予定の壁板があった。壁板の左右の漆喰壁の天井付近から大きな布が垂れていた。

「この布の下はなんだな」

「ご隠居、わしの仕事だ。大河内の若先生の手にある『二枚の絵』に匹敵するかどうか、わしが力の限り描いた絵だ。ご隠居が気に入らなければ、わしの絵はなしにしてくれ」

と言い放った。

「ご隠居、まずは五十五枚のオランダ商館長江戸参府の素描と二枚の絵を飾りませぬか、いつ客が来てもおかしくございますまい」

との文吉の言葉に、

「おお、そう致そうか、暇がないぞ」

「霊峰さんの絵は最後に飾ればいいか」

と言い合った面々が一気に働き始めた。

お琴ら女衆は蔵の入り口に船宿さがみから持ってきた大河内小龍太と桜子の「祝言および阿蘭陀甲比丹江戸参府絵御披露目」の大きな看板を立てかけ、花を飾りつけ、さらにはお客人が心付けを投げ込む大甕《おおがめ》まで用意した。

「ほんとうに絵を見に来た客がなにがしか銭を投げ込んでくれるかしら」

「絵を見ただけでお金を払う人がいるとは思えないわ」

と女衆同士で言い合った。

ともあれ絵の飾りつけは昨夜から決まっていたことを大勢の面々が為すのだ、あっという間に霊峰の絵を除いて壁板に貼られた。

「コウレル絵師の二枚の絵を飾ってようございますかな」

と小龍太がだれに言うともなく断わり、文吉とお琴が手伝い、収まるべきところに、『花びらを纏った娘』と『チョキ舟を漕ぐ父と娘』の二枚が掲げられた。

すると会場全体にぴーんと張り詰めた緊張が漂った。

小龍太が北洲斎霊峰を見た。

床からよろよろと立ち上がった霊峰が、

「小龍太さんや、そちらの白布を引くのはそなたの役目じゃ、わしといっしょに引き下ろしてくれませぬか」

と願った。

「聞いてよろしいか」

「なんなりと」

「大きな絵のようだが、さような紙がござったか」

「うむ、紙に描いたのではないわ。白漆喰の壁に大筆でな、一気に描いた。渾身の絵が気に入らなければ、江ノ浦屋のご隠居、また白漆喰で塗り潰せ」

と言い放った。

「なに、壁に直に絵を描いたというか、見せてみよ」

と楽翁が険しい顔で応じて、霊峰と小龍太が白布の端を手にした。

「ほれ、小龍太さん、一、二の三」

の声が消えぬうちに白布が剝がれると、なんと等身より大きな花嫁ひょろっぺ桜子と花婿小龍太の姿が現れた。

その場にいる全員が白無垢姿の花嫁桜子を見て、

「おおー、これは」

「魂消たな、霊峰さん、絵描きの意地を見せたな」

と圧倒されたように言い合った。

白壁に墨で描かれた花嫁は、真っ白な綿帽子、打掛、掛下、帯も純白ならば足袋も小物もすべて真っ白、胸の懐剣を包んだ刀袋も白だった。

背が高く、棒術で鍛えられたしなやかな五体をもつ桜子の白無垢の立ち姿は初々《ういうい》しくも生き生きと描かれて迫力があった。今にも壁から飛び出してきそうな躍動感にあふれていた。

「どうだ、江ノ浦屋のご隠居、この桜子、塗り潰すか」

と霊峰が楽翁を見た。

「この建物が私の手にある限り、この白無垢の花嫁姿の桜子は守り神ですぞ」

と満足げに応じた楽翁が黒紋付羽織袴の手に同田貫上野介を携えた凜々しい姿の小龍太の絵に視線を移した。こちらはなにがあっても微動もせぬといった静を感じさせた。

「白無垢の花嫁さんに対して、こちらは凜々《りり》しく堂々とした武者ぶりですな。白の花嫁さんに黒衣装の花婿が二枚の絵、『花びらを纏った娘』と『チョキ舟を漕ぐ父と娘』を守ってござる。北洲斎霊峰絵師、気に入りましたぞ。ささ、そなたのほかの絵も飾りなされ」

と楽翁が許しを与えた。

その言葉を待ちかねていた文吉らが屋根船から運んできて床に置かれていた霊峰の絵をその場に並べ始めた。二十数枚の絵は、江戸参府の素描よりひと廻り大きく、桜子が猪牙舟を漕ぐ光景やさくら長屋の庭で小龍太と桜子が棒術の稽古をする様子や祝言の場で桜子を囲む招待客らが描かれていた。

「おお、馴染みの顔ばかり、ここに隠居の私もおりますな。これはこれで絵を見にきた人は喜びましょう」

と楽翁が言った。

「北洲斎霊峰さん、どこへどう並べればよいかな」

と文吉が聞くと、

「そうじゃのう、この祝言の模様の花嫁と花婿の二枚は入り口に飾ってくれませんかな。あとは奥の壁に飾ってくれませぬか」

と応じて自ら決めた場所に絵を一枚一枚置いていった。その絵を部屋住みの門弟たちが順に壁板に飾りつけていく。

たちまち江ノ浦屋の隠居が異国交易の品を保管するための蔵が見事な絵の展観会場に変わった。

むろん「主役」はコウレルの二枚の絵で、その左右に描かれた大きな花嫁桜子と花婿小龍太の動と静の人物画が会場全体を引き締めていた。

「桜子は別にしてそれがしの絵がなんの役に立つかと思うたが、どうしてどうして。人を描かぬ弟子の霊峰どののこの絵を東洲斎写楽師が見たら驚かれぬか」

と小龍太がいうところに読売を売り切ったか、「江戸あれこれ」の書き方にして売り方でもある小三郎が姿を見せた。会場の真ん中に立ってぐるりと見廻すと、最後に大きな桜子の白無垢姿に目を留めた。

するとその背後に従ってきた人物が、コウレルの『花びらを纏った娘』と『チョキ舟を漕ぐ父と娘』の絵の前につかつかと歩み寄って凝視した。実に自然で、絵に接することになれたものの動きだった。

「うう―ん、この絵は写楽大先生もびっくりされようぞ」

とその人物の動きを見ることもなく小三郎が賞賛した。

「おい、読売屋、わしは写楽先生の門弟のなかでも一番の出来損《そこ》ないじゃ。わしの姿絵なぞ鼻もひっかけられまい」

と言い放ったとき、二枚の絵を凝視していた人物が、

「霊峰、だれがそなたをわしの門弟の出来損ないと決めつけたな」

しばし沈黙したままその人の背を見つめていた霊峰が、

「し、師匠」

　と仰天して叫ぶと、写楽は二枚の絵から振り向いた。

「おお、このひょろっぺ桜子の花嫁姿はなかなかの出来かな。絵にそなたの覚悟のほどが漂っておる、初めて見たわ。棒術の若先生の絵もいい絵じゃぞ」

「わしは、師匠から初めて褒められたぞ。小三郎さんよ、師匠をこの場に連れてきたのはおまえさんじゃな」

「今朝方、このがらんとした蔵でおまえさんとこのおれがふたりして文と絵の真剣勝負を為したな。おれに絵の良し悪しが分かるかどうかは知らねえ。だが、おめえさんの渾身の筆さばきを見たとき、師匠の写楽様に見てほしいと思ったのよ。そこで読売の原稿を親方に渡したあと、写楽先生の家を探していきなり訪ねたのよ。ところでわっしの絵の見方は、これでよかったのかね、師匠」

　と小三郎が霊峰から視線を写楽に移して問うた。

「小三郎さんや。師匠のわしが霊峰にしてやれなかったことをそなたがやりなすった。礼を申しますよ」

「あり難いことです、師匠」

　と霊峰が嚙みしめるように言うと、

「霊峰を変えたのはそなた、小三郎さんだね」

と写楽が念押しした。

「それが違うんですよ、写楽師匠。霊峰さんを本気にさせたのは、師匠が見つめておられたオランダ人絵描きのアルヘルトス・コウレルの描いた二枚の絵なんです。それとね、絵に描かれた三つの桜子ちゃんの面差しがコウレルを本気にさせたように、女船頭の桜子の生き方が北洲斎霊峰さんを変えたのと違いますかえ」

と小三郎が言った。

「おお、そうかもしれぬ。北洲斎霊峰は明らかに絵がどのようなものか悟ったということだ。この場におられぬふたりに師匠のわしからも礼が言いたい」

と言ったところで会場の表が賑やかになった。

「おお、ここだ。ひょろっぺ桜子の絵が飾られた屋敷ってのはよ」

「姉さんがた、絵を見ても銭は取らねえな」

と言い合う声が聞こえてきた。

「見料は頂戴しません。ですが、絵を見て面白かったと思し召しになったお方は、帰り際に一文でも百両でもお好きな金子をこの甕に放り込んでくださいな」

「姉さん、ひょろっぺの祝儀だな、一文の上は百両かい、気に入ったら懐の百両を投げ込もうじゃないか」

　との問答が聞こえてきて会場内にいた面々がそれぞれの持ち場に散った。

「それがし、どう致そう」

　と小龍太が困った顔をした。

「小龍太どのは、ほれ、絵の傍に控えておりなされ」

　と刀剣の鑑定家にして研師の文吉が言った。

「なに、絵の傍らに立っておるのですか、参ったな。絵のそれがしは写楽先生もお褒めになったが実物はな、ただの若造に過ぎん」

　と言い放った。

「いや、そなたもまた昔の大河内小龍太ではない。見物人があれこれと聞かれよう、その折りは丁寧に答えなされ。それが務めです」

　と文吉が言ったとき、いきなり数十人の男女が「江戸あれこれ」を手に会場に入ってきて、

「おりゃ、絵なんぞ見たこともねえや。なんだえ、この港と町並みはよ」

「おまえさん、ものを知らないね。こりゃ、肥前長崎ですよ」

　と隠居風の年寄りが教えた。

「おりゃ、長崎なんぞに関わりねえや。ひょろっぺの花嫁姿はどこだえ」

と言った職人風の男が、

「おお、あれにあるぜ」

と霊峰の描いた白無垢姿の桜子の大きな人物画の前に立った。

「おお、きれいだね、おれの女《すけ》はよ」

「おい、辰公《たつこう》、亭主のよ、お侍が睨《にら》んでいなさるぜ」

「なんだと、おれのひょろっぺがどうしたって」

「ご亭主だよ、刀を手によ、怖い顔で見てなさるぜ」

「どこにいるよ」

と振り向いた職人風の男が、

「ありゃ、まずいや。ひょろっぺの亭主の薬研堀の棒術の若先生がいやがった」

と顔を背けようとするのへ、小龍太が手招きしてわざと脅すふりをしたあとでにやりと笑って見せた。

これが賑やかな展覧会の始まりだった。だが、コウレル絵師が描いた桜子の絵、『花びらを纏った娘』と『チョキ舟を漕ぐ父と娘』の前にくると、だれもが無言になった。そして、隣に描かれた白無垢姿の花嫁を見て、それぞれが感慨に耽《ふけ》った。

この初日だけで千人を大きく超える見物人が入場した。

一日目を終えようとした直前、なんと小龍太の祖父の立秋老がやって来て、北洲斎霊峰の描いた桜子をまずしげしげと長い間鑑賞して頷いていた。さらに『二枚の絵』はすでに承知ゆえ素通りして小龍太の絵をこちらもとっくりと凝視した。

「小龍太、霊峰絵師が描いたそのほうの姿か」

「そのようです。爺様にはそう見えませんか」

「うーむ」

と唸った立秋老が、

「そうか、他人にはこう見えるか」

と釈然としない顔で言い放った。

「異がござるか、されどそれがしが描いた姿絵ではなし、文句があるならば北洲斎霊峰絵師に申されよ」

「いや、文句のつけようがない。他人が、それも絵描きがそなたをこう表したのであれば、わしの見方が間違っていたのかもしれん。小龍太よ、棒術を捨てたと聞いたが真か」

「それはいささか違い申す。それがし、これまで学んだ棒術を活かす道を選んだのでござる」

「なにをやる」

「江ノ浦屋のご隠居が新たな商いを始めるのです。異国交易をこの江戸でも為したいとか。それがし、楽翁の片腕として助勢を為す心づもり」

「桜子も手伝うか」

「いや、桜子は亡父譲りの猪牙舟の船頭を為すそうな」

「なに、ふたりは別々の道を進むか」

「夫婦とは申せ、考えは違うでな」

「相分かった」

と言った立秋老はふたたび小龍太の黒紋付羽織袴の前に立ち、長いこと眺めて、

「ときに桜子とふたり、薬研堀に訪ねて参れ」

と言い残して会場から去っていった。

初日の最後の客が立秋老だった。

三

初日の後始末がすべて終わったとき、会場の手伝いを為した全員を桜子と小龍太の姿絵の前に集めた楽翁が、

「ご一統様、昨日の祝言以来、長い時をともに過ごしてくれましたな。江ノ浦屋の楽翁、感謝申しますぞ」

と深々と頭を下げた。

「いや、ご隠居、わしらも楽しゅうございましたよ。こんな経験は滅多にあることじゃない。わしにとっては東洲斎写楽の弟子としてようやく認められた日だ。礼を申したいのはこの北洲斎霊峰のほうです」

するとと顔を上げた楽翁が、

「昨夜来、手伝ってくれた皆々さんは明日から元の暮らしに大半がお戻りなされよう。あとは江ノ浦屋の奉公人や大河内道場の元門弟衆、ただ今はわが江戸会所の奉公人となった若い衆だけでこの催しを続けることになります。

改めてお礼がわりに細やかな異国の品を包んで入り口に置いてございます。うちの奉公人頭の大河内小龍太の手から受け取ってお帰りくだされ」

と言った。

一同は知らなかったが男衆にはきりんや象の象嵌《ぞうがん》細工の金具付の革財布が、女

衆には貴石をあしらった金の髪飾りがそれぞれ洒落《しやれ》た紙に包まれて入っていた。

むろん江戸では決して見かけられないイタリア渡りの品物だ。この品々を楽翁は長崎口と称していた。この品を入り口で用意していたお琴が、

「ご隠居、皆さん、聞いてください」

「なんですかな、横山琴女さん」

「お客人の大半が出口にて大甕に祝儀を投げ込んでいかれまして、その額、なんと二両一分と二朱、銭が二百三十二文入っておりました」

と報告し、

「さらに霊峰絵師が描かれた白無垢の花嫁さんの前に三つ包みが置かれておりまして、なかには一両ずつ入っておりました」

「なに、初日だけで五両一分二朱と銭二百余文ですか」

「この催しが終わるまでどれほどの金子が祝儀に集まるかな」

と楽翁を送る猪牙の船頭として会場に来ていたヒデが思わず漏らした。

「大変な額だぜ、それとも初日だけのご祝儀か」

と思案の体《てい》で言い出したのは小三郎だ。その手には祝儀の額を認《したた》めた備忘帳があった。

「小三郎さんや、明日もこの会場の模様は読売にしますな」

「へえ、この催しが続くかぎり会場での出来ごとは読売に載せます。またこちらが落ち着いた頃合いから『長崎夢物語　異国放浪譚』の続き物を始めますでな、『江戸あれこれ』の読み物とこちらの絵の展観はしばらくいっしょに世間を騒がせることになりましょう。それでよろしいかな、江ノ浦屋のご隠居」

「そう、この絵の催しから客足が絶えるのはひと月後、いや、三月《みつき》後でしょうかな」

「わしの見立てでは半年は賑わうぞ」

と一日にして自信を得た北洲斎霊峰が言い出した。

「ならば私どもも時折り手伝いに参りますよ」

とお琴が応じて一日目の展示が終了した。

翌日のことだ。

小龍太は早々に海賊橋際の絵が展示された蔵に出かけて行った。多忙な楽翁の代理としてしばらくはこちらに詰めるためだ。

前夜、さくら長屋に戻った小龍太は、

「桜子、初日からたくさん客が絵を見にやってきて大変な賑わいであったぞ」

「コウレル絵師の二枚の絵がそれほど人気を博したの」

「むろんそなたと広吉どのの絵は静かなる評判を得た。だがな、そなたの大きな花嫁姿の絵が大評判で客たちが大喜びしたわ」

「え、わたしの大きな絵ってなに」

「霊峰絵師がな、建物の白漆喰壁に綿帽子、白無垢のそなたとそれがしの黒紋付羽織袴の姿を、『花びらを纏った娘』と『チョキ舟を漕ぐ父と娘』の二枚を挟んで描きおったのだ。お琴の従兄の相良文吉どのが、花婿は絵の傍らに控えていなされというで、そこに立っておるとな、いやはや恥ずかしくなるほど見物の客に眺められた。桜子、そなたがあの場に出向くと大変な騒ぎになろうぞ」

「まさかそんな」

と驚く桜子に、小龍太はさらに事細かに初日の模様を伝えた。

「えっ、初日だけで五両以上の祝儀が集まったの」

「コウレルと霊峰絵師ふたりの絵が人気を呼んだのは間違いないが、『江戸あれこれ』の小三郎どのを筆頭に、桜子、そなたが居なければかような賑やかな催しにはならなかったとみながいうておった。それがしもそう思う」

「小龍太さん、それがしもそう思うだなんて、他人事のように言っていてよろしいのですか」

「おお、柳橋のひょろっぺ桜子、恐ろしきかな」

「わたしのご亭主様、ふざけていないで分かるように言って」

「あの絵を見ておるとな、霊峰絵師の渾身の絵描き心が乗り移ったのがよう分かる。いや、霊峰さんの師匠の東洲斎写楽どのも褒めておられたわ」

「そう、霊峰さんのお師匠さんにも見て頂いたの。わたしも人のいない頃合いにそっと見に行こうかな」

「おう、そう致せ」

　昨夜遅く、そんなやり取りをした小龍太が楓川海賊橋の絵の展示場にいそいそと出勤していくのを見送った桜子は、慌ただしかったこの数日を平静に戻そうと長屋の掃除や洗濯をなした。

「桜ちゃんや、どんな気分だい、所帯を持った暮らしはさ」

「若女房に向かって桜ちゃんだなんて、おかしかないかえ」

「だって子供のときからちゃんづけだもの。急に桜子さんだなんてよそよそしいよ」

と長屋のおかみさんたちが言い合った。

「そうね、どんな気分と問われても小龍太さんとわたしも幼い折りからの知り合い、急に改まることもないわ。わたし、洗濯を終えたら仕事に出かけます」

「仕事って女船頭だよね」

「わたしの生涯の仕事は猪牙舟の船頭だもの」

「うちの亭主と同じ猪牙舟の船頭か。いくら読売が桜ちゃんのことを書き立てようと、おまえさんは広吉さんの跡を継ぐのかえ」

「はい、す江《え》おばさん」

「いいかえ、小龍太さんとの赤子が出来たらさ、このす江が面倒を見るからね、船頭仕事をやり続けるんだよ」

桜子は長屋の片付けを終えると江ノ浦屋の五代目が誂《あつら》えてくれた木《も》綿《めん》地の仕事着に着替え、船宿さがみに向かった。むろん途中神木三本桜に立ち寄り、いつものように額を老桜の幹につけて拝礼した。

(小龍太と共白髪《ともしらが》まで仲良く暮らしなされ)

との老桜の言葉が胸に響いた。

(ふたりは異なった仕事を為しますが互いを尊重し合って暮らして参ります)

さがみの船着場に出るとお客と思しき男衆が数人いた。男たちはなんとなく互いによそよそしくしていた。

「おお、来たか。桜子、おまえのお客人が待っておられるわ」

と猪之助親方が潜み声で言った。どうみてもさがみの馴染み客ではなかった。

「親方、どちらまででしょう」

「それがな、皆さん、いっしょのところだ。楓川の江ノ浦屋の楽翁様の絵のお披露目会場までだ」

「皆さんごいっしょですね」

「それがどなたもひとり客でな、五人してばらばらにおまえを名指しで来られたのよ。ほかの船頭ではダメだというのだ、どうするな」

「どうするなってどういうことです、親方」

「そなたがここと日本橋川を五たび往来してひとりずつ猪牙で送るとなると半日がかりにならないか」

桜子は親方の懸念を察して、

「皆さん、桜子を指名して頂きありがとうございます。できますれば五人ごいっしょに海賊橋まで送っていくことをお許しください。舟賃は一艘ぶんでようございます」

との願いに男たちがぼそぼそと話し合い、なかのひとりが、

「舟代は片道いくらだ」

と質した。なんとなく小店の主《あるじ》、そんな形《なり》だった。

「柳橋から楓川の海賊橋まで二百文です。五人で分けられるならばひとり四十文を親方に支払ってくださいな」

と願うと男たちが四十文ずつ支払い、父親譲りの桜子の猪牙舟に乗り込んだ。

ヒデが舫い綱を解きながら、

「あちらに着いたらただでは戻れないぜ」

「どういうことよ、ヒデさん」

「あちらではおまえさん目当ての客ばかりだ。この五人を下ろしてもまた別の客が必ずいるさ」

「そうかな」

と首を捻った桜子は猪牙舟を船着場から離した。するとそこへ別の客がきて、

「ああ、ひょろっぺ桜子を先にとられたか」

と叫ぶ声が聞こえた。

大川に出たとき、五人のなかで舟代がいくらと聞いた男が、

「桜子さんよ、自分の花嫁姿の絵は見たろうな」

と聞いてきた。

「いえ、見ていません」

「読売だとよ、大変な評判だぜ。あちらに行ったらよ、おれといっしょに見ないか」

と別の客が言い出した。こちらは職人風の雰囲気の男衆だった。

「お客さん、私が一番に船宿で桜子さんの指名をしたんですよ」

「だからってなんなんだ」

と諍《いさか》いになりそうなのを見て、

「ご一統様、わたしの仕事は猪牙舟の船頭でございます。仕事の最中に猪牙をほったらかしにするわけには参りません。皆さんをお送りしたら、どうか仲良く絵を楽しんできてくださいまし」

と願った。

ヒデのいう通り、楓川の海賊橋の船着場から展示場まで長い行列が出来ていた。

「大変だぞ、桜子さんよ、おれたち、海賊橋の手前で下りるからよ、おまえさんはそこから柳橋の船宿に戻りな」

と五人のうちのひとりがどことなく勝ち誇った顔で言った。

「いえ、わたくし、お客様の注文どおりに海賊橋際の船着場までお送りします」

と桜子は猪牙舟を着けた。

「おお、ひょろっぺ桜子当人が姿を見せたぞ。絵の桜子とほんものとどっちがいいよ」

「そりゃ、比べられめえ。絵も桜子ならば、猪牙舟の船頭も桜子だ」

「そんなことより桜子を評判の絵の前に立たせねえ」

と言い出した客が押し寄せて桜子の猪牙舟はあっという間に人込みに囲まれてしまった。そこへ小三郎と小龍太が姿を見せて、

「お客人、桜子は仕事中だ、放してやんな」

と小三郎が言ったが、どうにもこうにも身動きつかなかった。

小龍太が強引に桜子のもとへと迫り、

「桜子、どうだ。そなた、自分の絵を見てな、ご来場のお客人に挨拶しないか。そうしないかぎり騒ぎは鎮まらぬぞ」

「棒術の亭主、よく言った。そうしなせえよ、女船頭さん。わっしらもおとなしくするからよ」

と貫禄のある男衆がよく通る声で言い切った。

「よかろう、それがしが桜子を絵の前まで連れて参る。どうかご一統も静かにな、絵を見てくれぬか」

と小龍太が願った。

「合点承知の助だ」

と最前の客が応じて桜子は小龍太と小三郎に連れられて展示場に入った。

場内にも大勢の客がいたが、北洲斎霊峰絵師の白無垢姿の桜子を見る者は圧倒されて沈黙し、コウレル絵師の『花びらを纏った娘』と『チョキ舟を漕ぐ父と娘』の二枚の絵を見る者は、

「おおー」

と小さな驚きの声を漏らした。客たちは幼い桜子の表情を見たり、白無垢姿の花嫁桜子を振り仰いだりしては得心したように頷いた。

そこへ桜子当人が姿を見せたのだ。

絵を見ていた大勢の客たちが静かにその場を空《あ》けた。

「ありがとうございます」

と一礼した桜子が二日前の自分の姿を見上げた。

(この幸せそうな花嫁さんがわたしかしら)

と己に問うていた。すると絵の傍らから、

「ひょろっぺ桜子、どうだな」

と霊峰絵師の声が問うた。

「ようもわたしの気持ちを察して、描いてくれました。北洲斎霊峰さん、ありがとうございます」

と深々と頭を下げた。

「ひょろっぺ、礼をいうのはわしのほうだ。おまえさんの生き方がな、わしの身動きつかない絵描きの手と魂を動かしてくれたのだ」

「いえ、ただ今のわたしは霊峰さんの絵のような女子《おなご》ではありません。この絵のような女子になるために一日一日、猪牙を漕いで働きます」

「おお、おまえさんのお父つぁんがそう生きてきたようにな、跡継ぎになりなされ」

とのふたりの問答を聞いたお客たちのひとりが、思わず静かに手を叩いた。するとその場の客たちが真似をして和した。

その手拍子が桜子を、霊峰を感動させた。

桜子は白無垢姿の絵の前にいくと、くるりと振り向いて会場いっぱいの客に向き合った。

「ご一統様、ようもこの場にお出でくださいました。わたし、幼い桜子を絵にしてくれたのはオランダ人のアルヘルトス・コウレル絵師にございます。そして、十六年後、こたびは北洲斎霊峰絵師が祝言の日のわたしをかように描いてくれました。

ご一統様、絵の人物はわたしであってわたしではございません。コウレル絵師と霊峰絵師の魂と技量がかような絵を誕生させたのです。

その功と名誉はすべておふたりの絵師に捧げられるものです。

ぞんぶんに絵師の魂と芸をご覧になってくださいまし。お願い申します」

と頭を下げた桜子にふたたび静かな手拍子が送られた。

桜子は場内の客や会場の外に並ぶ人びとに会釈しながら船着場の猪牙舟に戻り、舫い綱を自ら緩《ゆる》めると艫に軽々と飛び乗った。

そして、いくたびめかの会釈をすると静かに日本橋川へと出ていった。

(お父つぁん、わたし、女船頭で生涯を過ごすわ)

脳裏に広吉の姿が浮かんだ。

(おお、そうかえそうかえ)

(ダメなの)

(いくつになったえ、桜子)

(来春には二十歳になるわ)

広吉はしばし沈黙した。

(二十歳でそう生き方を決めつけることはねえ。いいか、猪牙を無心で漕いでいるとよ、櫓が生き方を教えてくれらあ。その折りは素直に従うんだぞ)

父親の気配が消えた。

四

楓川の海賊橋で催されていたコウレルと霊峰の二絵師が描いた絵の展示会は三日前に終わっていた。

半年に及んだ展示会に延べ二十七万八千十五人もの客が訪れ、江戸を賑わした。その会期中に見物人が大甕に放り込んだ「祝儀」は、信じられないことに千両を超え、千百十五両二分二朱と百二十五文を数えた。金子のなかには上方で使われる銀貨が混じっていたが、それを金貨換算し直してこの額に及んだ。かような綿密な計算はお琴こと横山琴女がやってくれた。

展示会が終わりに近づくころからこの金子の使い道と絵の向後の扱いが話し合われていた。

その話し合いには会場の持ち主の江ノ浦屋の五代目だった隠居の楽翁を始め、「江戸あれこれ」の版元のたちばな屋豊右衛門、船宿さがみの猪之助親方に北洲斎霊峰絵師、小龍太、展示会を裏方として最後まで手伝ったお琴らが顔を揃えた。

まず、こたびの展示会のために絵を描いてくれた霊峰に百両が礼金として贈られることになった。

「貧乏絵師になんともあり難い大金じゃ」

と素直に受け取った。

一方、霊峰の絵に描かれた桜子は、「わたしはただの材に過ぎません。なにを為したわけでもない」という理由で最初から礼金を頑なに拒んでいた。

展示場を主に手伝ったお琴らには五両ずつが贈られたが、それでもほぼ千両も残った「祝儀」をどうするかについてはだれも思いつかなかったため、その前にたちばな屋豊右衛門の提案で、展示されていた絵を向後どうするかの話し合いを進めることになった。

その結果、コウレル絵師のオランダ商館長江戸参府の素描画をはぶき、この蔵屋敷の一面を飾ったコウレル作品『花びらを纏った娘』と『チョキ舟を漕ぐ父と娘』、その左右の白漆喰に北洲斎霊峰によって描かれた白無垢姿の桜子と黒紋付羽織袴の小龍太夫婦の姿絵、さらに霊峰が祝言前に描いた桜子の近況の絵二十数枚は展示し続けることと決まった。霊峰絵師は、

「百両もさることながら、わしの絵が江戸の真ん中で数多の人に見てもらえるのは名誉なことだ」

と受け止め、話し合いに集まった全員が賛意を示した。

その日の集いに顔出ししていた「江戸あれこれ」の書き方の小三郎が、

「絵がいつでも見られることは、わっしにとっても喜ばしいことだ。だがよ、楽翁様よ、始まる前は催しが終わったら江戸会所の品物蔵として使うと仰っていたが、ひょろっぺ桜子の絵を飾ったまま品物蔵として使いなさるのか」

と楽翁に質した。

「うーむ、日本橋川に近いこの場所を異国品の置場として使う心づもりでいましたがな、二十八万人近い大勢が訪れた建物です。また桜子の絵を向後も飾るとなると、見物したいというお人もそれなりにおられましょう。となると品物蔵はまずい。長崎口の異国の品々をこの江戸で売る小売店にしようかと考えておりますがどうですな」

と一同に尋ねながら小龍太を見た。

江戸会所を興そうとしている楽翁と長崎会所との微妙な対立を案じた小龍太は親交のある長崎会所の総町年寄高島東左衛門の姪にしてオランダ通詞の杏奈に書状を書いて、いささか性急に事を運んだ楽翁の始末を詫びると同時に、これまでどおり長崎会所の援助が得られないかと交渉を続けていた。そんなこともあっての楽翁の視線だった。

小龍太はこの場で述べるべき話柄ではないと迷った。すると、

「小売店にするのは絵にとっても悪いことじゃないよな。これからもひょろっぺ桜子の絵はこの場所にあり続け、新たなお客が異国の品を購い、その折りに絵を見物する。江戸に名所がひとつ増えるってわけだ、うん、悪くはねえや」

と小三郎が賛意を示した。

だが、楽翁は即答しなかった。また楽翁の懸念とは別に、小三郎の言葉にはなにか含みがあるようにその場の面々には感じられた。

「売れっ子書き方の小三郎さん、なんぞほかにも考えがあるんじゃないの」

とお琴が質した。

「お琴さんにあっさりと見抜かれたか。ないこともねえ。あのな」

と前置きした小三郎が言い出した。

霊峰絵師が描いた桜子の絵を浮世絵のように摺って、この異国交易の品々を売る店の一角で売れないものか。絵を見にきた人も長崎口の品を購いにきた客も少々高値でも一枚や二枚は買っていくのではないか。そしてこの利益は展示場を保持する費えに使えないかというものだった。

「面白い、霊峰さん、どうだ」

と楽翁が絵師に問うた。

「わしの絵が師匠の写楽の錦絵のような摺物になるのかね。うれしい限りだね」

と満足げに賛意を示したものだ。

さあて、最後に残されたのは千両の始末だ。

桜子は一切集いには顔出しせずに父親広吉譲りの猪牙舟の船頭仕事を務めていたゆえに、小龍太に問いが向けられた。

「それがし、桜子の胸中を察するに、いつぞやのように町奉行所を通して公儀の御救小屋に寄贈するのが宜しいのではなかろうか」

小龍太の返答にその場の全員が頷き、「江戸あれこれ」を通じて、
一、絵の向後の扱い
一、会期中に集まった「祝儀金」の処理策
が来てくれた見物人や江戸の人々に報告されることが決まった。

そんな話し合いが行われている最中のことだ。

小龍太が薬研堀の屋敷に呼ばれたのだ。立秋老と会うと、

「長崎からそなたへの書状が届いておる」

と分厚い文を差し出された。

オランダ通詞の杏奈が幾通もの小龍太の書状を長崎会所の総町年寄以下諸役に見せて相談した結果、「和解の申し出を了解した」との返事だった。

「なんだ、悪い話かいい話か」

と長い書状を熟読した小龍太に立秋老が質した。

「江ノ浦屋のご隠居、楽翁どのにとってはいささか不快かもしれないが、江戸と長崎の関わりからいえば悪くない話と思います」

と前置きした小龍太が差しさわりがない程度の経緯を告げた。

「そうか、楽翁どのも齢かのう、性急に事を運ばれたか」

「まあ、そういうことでしょうかな。われらが長崎に滞在していたことが、なんとか和解につながったのだと思う」

「小龍太、そなたは楽翁どのの片腕として御用を務めるのだな」

「そういうことだ、爺様。ただし長崎会所に関してはそれがしが向後話し合いの仲立ちを為すことを先方が求めてきた」

との返事に首肯した立秋が、

「そうか、楽翁どのの名代となるか、そなた」

「まあ、そういうことかのう。長崎会所には公儀との対応を始め、学ぶべきたくさんのわざと知恵がある。楽翁どのの考えた江戸会所を開くにはしばらく歳月がかかるということよ」

「うむ、それはよい。世代替わりということかのう。ともあれ、小龍太、仕事にかまけて桜子のことを忘れるではないぞ」

「爺様、それがしにとって一番大事な連れ合いよ、一瞬たりとも忘れることはないわ」

「桜子を大事に致せ。それがわしの最後の願いだ」

楓川海賊橋際の建物は、楽翁が小売店にすることで、コウレルと霊峰、ふたりの絵師の絵がずっと展示され続けることが決まった。小龍太の尽力による長崎会所との和解を受けて楽翁が、

「江戸会所を本式に始めるのは数年後にする」

と腹を固めたからだ。

そして改めて絵を展示する小売店として設《しつら》えるために三月をかけて改装することにした。その間に長崎会所から「長崎口」、つまりは公儀が認めた異国の品々が楽翁にもたらされ、これまで密かに保管していた品といっしょにしてそれなりの規模で商いが始められる目途《めど》が立った。

三月後、

「長崎会所江戸店及びひょろっぺ桜子絵の展観場」

が改めて開設された。

この折りも読売「江戸あれこれ」が海賊橋際に長崎会所の江戸店が開店することと、そこにコウレルと霊峰絵師ふたりが描いたひょろっぺ桜子の絵が展示されることを大々的に報じた。そのなかで、

「ひょろっぺ桜子の錦絵初摺り販売」

と通告したために大勢の人々がふたたび楓川の長崎会所江戸店に集まることになった。


そんななか、桜子は柳橋の船宿さがみの奉公人として猪牙舟を操り、父親がそうだったようにひたすら船頭稼業に励んでいた。

新たな長崎会所江戸店が開業してひと月も経ったころ、山谷堀《さんやぼり》今戸橋の船宿から吉原《よしわら》の遊客を乗せて戻ってきた桜子の視線の先に柳橋の欄干《らんかん》に腰を下ろした「江戸あれこれ」の書き方の小三郎がいた。

まず吉原からの客を下ろすと、

「ひょろっぺよ、二百四、五十文しか懐に残ってねえや、これでいいかえ」

と三日間官許の遊里吉原に居続けしたという職人風の客が懐の銭をすべて桜子

の巾着に入れてくれた。

「毎度ありがとうございます。今戸橋からの舟賃として十分過ぎます」

「おりゃ、明日からまた地道に稼ぎの日々だ」

「親方、ぜひ次の機会もご指名くださいまし」

「おお、桜子さんよ、おめえさんの猪牙に乗って遊びに来たと女郎にいうとよ、『えっ、ひょろっぺの猪牙に乗って遊びに来てくれたの』といってよ、おめえさんのことを知りたがってよ、えらくモテたぜ。ひょろっぺ桜子は女郎にまで好かれてやがる、おまえさんは奇妙な女船頭だぜ」

と言い残して船着場から両国西広小路の方角へと姿を消した。

そんな客を見送った桜子が柳橋から船着場に下りてきた小三郎を見た。

「偶にはおめえさんの顔を見たくなってな、永代橋あたりまで乗せてくれないか」

「お客様でしたか、ありがとう存じます」

と小三郎が猪牙舟に乗り込むのを船着場から女将の小春が、

「行ってらっしゃいな」

と見送ってくれた。

小三郎は猪牙の船べりに背を持たせかけて、いきなり訊《き》いた。

「最前の客の話が耳に入ったぜ。ひょろっぺは吉原の遊女衆にも好かれているんだな」

「お客人の世辞ですよ」

「そいつは違うな。職人の頭分かね、吉原帰りの客がおめえさん相手に世辞をいうこともないやね。真の話よ」

と言い切った。

猪牙舟は大川の流れに乗った。しばらく黙っていた小三郎が、

「長崎会所江戸店が開業してひと月、小龍太さんから話を聞いたかえ」

「亭主とは仕事の話はしませんのさ」

「小龍太さんはなにも話さないかえ」

「なんぞ話がありますので」

と櫓に軽く手をかけた桜子が問うた。さほど熱心とは思えない問いだった。

「おまえさんの錦絵が何枚売れたか承知かえ」

「存じません」

「おまえさんの大判一枚摺り美人絵を一枚三十五文で売り出したところ、なんと

百枚も売れたんだよ」

　桜子はしばし櫓に手をかけたまま小三郎を見た。

「ひと月で大判錦絵が百枚、信じられません」

「桜子さんよ、ひと月で百枚とだれが言ったよ。ただ今のところ一日に百枚ほど売れてんだよ」

「まさか」

　錦絵は通常、初摺りで二百枚摺られた。

「いいか、追加の摺りが間に合わないほどで、楽翁さんが必死で新たな摺師を探していなさるぜ」

　桜子は黙り込んだ。

「おまえさんの人気ぶりは名題《なだい》の役者を大きく超えていらあ。隠居の楽翁の商いまで余得があるてんでな、ほくほく顔よ。おまえさんの懐にもそれなりの金子が入ってこようぜ。本日、おれは隠居に申し付かってよ、一枚七文でいいかと聞きにきたんだよ」

「描いたのは北洲斎霊峰さんです。画料はあちらにいくものでしょう」

「これは画料とは別の分け前なのさ、霊峰絵師にも七文いく。残りの二十一文は隠居の実入りだ、むろん彫師や摺師の支払いや紙代は楽翁さんが支払いなさる。向後一日に五十枚売れたとしな、おまえさんの実入りは三百五十文だ。どうだえ、桜子さんさ」

「わたしの本業は船頭です。その稼ぎだけで十分です」

「そういうと思ったぜ。だがな、この話、すべてはひょろっぺ桜子の人気から始まったことだ。こいつは祝儀じゃねえ、おまえさんの働き分だ。こんな稼ぎがいつまで続くか分からねえや。なにも言わず貯めておきなって。そのうち、この金子の使い道も出てこよう。小龍太さんと相談してな、それから返事を貰えればいいから」

桜子は返事が出来なかった。

「いいか、おまえさんが快く受け取ってくれなきゃ、霊峰絵師だって江ノ浦屋の隠居だって、この企ては続けられないぜ。商いはな、金が動くときが花だ。ここは素直に受けてよ、ひょろっぺ桜子の次の仕事につなげるんだよ。おめえさんが、うん、と言わなきゃあ、おれの『江戸あれこれ』も出せないし、となるとおまえさんの夢物語の続きを待っている読み手をがっかりさせるんだぜ」

小三郎が真剣な口調で繰り返し、桜子の頭は混乱していた。

「いいか、今答えを出さなくていい、楓川の商いの弾みを帳消しにするような真似はしないでくんな。小龍太さんととくと話し合いな」

と言う小三郎に桜子は頷くしかなかった。

桜子が長崎会所江戸店の盛況を素直に喜べないことには曰くがあった。

楓川海賊橋際で行われていた絵の展示会の賑わいが落ち着き、絵と重ね合わせて桜子を指名する客も少なくなり始めた折り、名指しの客があると女将の小春に言われて朝一番に船着場に下りた桜子は、見覚えのある武家方の姿を見つけた。

「倉林さまでございましたか」

「桜子、息災そうじゃな。また舟を願う」

「畏まりました」

桜子はあくまでも女船頭と客として、勘定奉行御用人の倉林宋左衛門に接しようと心に決めた。

猪牙舟を大川の流れに乗せると、

「桜子、それがしが初めてそなたの猪牙に乗ったときのことを覚えておるか」

と倉林が口を開いた。

「覚えております。あのとき今戸橋際の船宿八丁までお送り致しました」

「今日は今戸橋ではなく、このまま大川を上ってくれぬか」

「はい」

と返事をした桜子はいつもよりもゆっくりと大川を遡り始めた。倉林が今日桜子の猪牙に乗ったのは、なにか話したいことがあるせいだと気付いたからだ。

「一年半もの間、江戸を離れてご苦労であった。さぞ難儀をしたであろう」

「難儀ばかりではございませんでした」

と答える桜子に倉林は、

「うむ、長崎では珍しいものを手に入れたようだな」

「倉林さまもあの絵をご覧になったのでございますか」

「見た。桜子の白無垢の姿絵も見たぞ。おお、小龍太どのと所帯を持った祝いがまだであったな。おめでとう、桜子」

と言うと、そのまま大川の流れを見つめて黙り込んだ。桜子も無言で櫓を漕いでいた。しばらくして、

「桜子、猪牙に揺られて川風を受けておるとそれがしが独り言を漏らすことをそなたはよう知っていよう。これから言うこともその独り言じゃ」

そう前置きして倉林は長い独り語りを始めた。

文化二年（一八〇五）の夏、猪牙強盗が世間を騒がすようになったのは、その前年の暮れに桜子と父親の広吉が船宿さがみの屋根船のお披露目をした際に、読売に派手に書き立てられたことがきっかけだったこと、はじめは猪牙の船頭が儲かる商いと勘違いした輩が船頭を襲って小銭を奪うだけのケチな強盗で、それを真似する者が次々と現れたこと、そしていつからか、金は盗まず船頭の命だけを狙う新手の猪牙強盗が加わったのだと、倉林は淡々と告げた。

桜子は倉林を初めて猪牙に乗せた日、猪牙強盗に関わるなにかを倉林から聞いた気がしたが、それがなにかどうしても思い出せなかった。その翌日、父親の広吉が百面相《ひゃくめんそう》の雷《いかずち》鬼左衛門《きざえもん》に無惨にも殺されてしまった衝撃が大きすぎて、あの頃の記憶はひどく曖昧になっていた。

「船頭を殺《あや》めた猪牙強盗はその場に千社札《せんじゃふだ》を残していった。表には『百面相　雷鬼左衛門』、そして裏面には『御台所茂姫《みだいどころしげひめ》は我が娘也』と書かれてあったのだ」

という倉林の独り言に、桜子ははっと息を呑んだ。

御台所茂姫とは当代将軍家斉《いえなり》様ご正室、そして薩摩《さつま》藩の先代島津《しまづ》重豪《しげひで》の三女である。桜子が長崎滞在中に薩摩藩島津家の関わりの者に襲われた際に小龍太から聞かされた名であった。そして、そのために桜子と小龍太は異国にまで逃れることになったのだ。その茂姫様の父親があの悪党だなどということがあるだろうか。

「もちろん世間を騒がす猪牙強盗と御台所様にはなんの関わりもないのだが、家斉様も公儀もこのことにはひどく悩まされた。そして、雷鬼左衛門とやらが茂姫様の実母、慈光院《じこういん》様の縁者らしいという話が持ち上がった」

島津重豪の側室お登勢《とせ》の方《かた》とその一族市田《いちだ》家は娘茂姫を徳川家に嫁がせたことによって藩政にも絶大な力を持っていた。だが、享和《きようわ》元年（一八〇一）にお登勢の方が亡くなると急速にその影響力を失った。雷鬼左衛門はお登勢の方の庇護を失い、島津家にも市田家にも不満を募らせていたらしい。江戸府内で辻斬りや強盗を働き、猪牙強盗が流行り始めるとそれに便乗して騒ぎを起こすようになった。薩摩藩の家中では百面相の正体が暴かれることを恐れて密かにその始末に乗り出そうとする動きもあったらしい。

「でも、だったらなぜ、お父つぁんはあんなことに」

桜子は思わず倉林の独り言に口を挟んでいた。

「お前の親父どのは、偶さか薩摩藩の家中の者を猪牙に乗せているときに百面相の屋根船とすれ違いでもしたのであろう。その際、薩摩藩の家臣が猪牙強盗が市田家、あるいはお登勢の方の縁者であると話すのを聞いてしまった」

「お父つぁんは舟の上で聞いたことは決してよそには漏らしませんでした」

殺される前の日、広吉が「丸に十の字」と呟いていたことを桜子は思い出した。猪牙強盗が薩摩藩と関わりがあることを偶々知ってしまった、ただそれだけでお父つぁんはあのように無惨に殺されたというのか。

「桜子、そなたの親父どのは秘密を漏らしはしなかったろう。だが、薩摩藩はそう考えなかった。しかし親父どのは死に、百面相も捕縛のさなかに死んでしまったゆえ、もはや秘密が漏れる心配もなくなったと薩摩藩は安心していた。

ところが広吉には船頭を継いだ娘がいて、その娘が百面相の最期に立ち会い、その正体を知ったのではないかという噂が城内に立ち始めた」

倉林が振り返って櫓を漕ぐ桜子を見た。桜子は真っすぐに倉林を見返した。百面相は捕縛の際に死んだのではなく、桜子が小龍太とともに父の仇を討ったのだ。そしてそのこともすべて倉林は承知しているのだと桜子は悟った。

「薩摩藩には長年にわたる諍いと不穏な動きがあってな。そなたが新たな騒動の火種となりうると考える一派があった。そのような騒ぎからそなたを遠ざけたかったのだ。まさか長崎まで追っ手を放つとは思わなかった。許せ、桜子」

と詫びる倉林に、桜子は、

「それでは、すべて片がついたのでございますね」

「ああ、百面相の雷鬼左衛門という者、実は薩摩藩とも市田家ともなんら関わりのない一介の浪人であったことがその後の調べで明らかになったのだ。そして出自の知れぬ悪党は捕縛のさなかに死んだ、そういうことだ」

倉林の独り言は終わったようだった。千住大橋《せんじゅおおはし》で向きを変えて、桜子の操る猪牙舟はゆっくりと大川を下っていった。

柳橋の船着場で舟を下りるとき、倉林は、

「桜子、女船頭を立派に務めよ。それが親父どのへのいちばんの供養となろう」

と最後に告げて去っていった。

倉林の話には得心のいかないことも多々あったが、目に見えることがすべてではないと桜子はすでに学んでいた。オランダ商館にいる異人はみなオランダ人であり、百面相の雷鬼左衛門は捕縛のさなかに死んだのであり、桜子と小龍太は異国へなど行ってはいない。そういうことだと何度も自分に言い聞かせた。

桜子は倉林と舟の上で話したことをだれにも、夫の小龍太にも告げなかった。

桜子が小三郎に返事をしないまま、楓川海賊橋際の長崎会所江戸店には客が詰め掛け、コウレルと霊峰絵師ふたりの絵を堪能し、異国の品物を買い、異国の品が買えない客は、桜子の錦絵を一枚三十五文で購った。

小龍太の言い分はこうだった。

「この一件、それがし、口出ししたくない。そなたが得心しなければどうにもなるまい。最後には公儀の御救小屋に贈るという手もないじゃなし」

桜子は小龍太の考えは、

「物事を頑なに考えるな」

ということだと察していた。だが、それを素直に受け入れられなかった。

長崎会所江戸店が開店して半年が過ぎ、小龍太は江戸店での売上げ金を持って長崎会所の肥前丸に乗り込み、長崎に向かった。

さくら長屋に独りになった桜子は、朝と夕に神木三本桜の前で拝礼したが、幹に額をつけて祈願することはなかった。

ある宵、小三郎に誘われて猪牙舟を楓川海賊橋際に舫った。すでに閉場した展示場にふたりだけで入った。

長崎口の異国の品々が陳列してある店部分は真っ暗でひっそり閑としていた。

小三郎はいつまでも返答しない桜子を、

「桜子さんよ、おまえさんが描かれた絵の前にいま一度立ってみねえか」

と誘ったのだ。

行灯の灯りに浮かんだ白無垢の花嫁姿の霊峰の絵と、幼い桜子の横顔を描いたコウレルの絵が並ぶ前に久しぶりに立ってみた。

無心に自分が描かれた絵と対面した。

無言の時が過ぎていった。

不意に小三郎の声音が聞こえた。

「桜子さんよ、桜に祈る童女《わらわめ》も白無垢姿の花嫁もどちらもおまえさんだ。ひょろっぺ桜子は生涯、この絵から逃れられないぜ。これだけ大勢の人が応援しているのだ。当人のおめえさんが受け入れられないでどうするよ」

（わたしはただ錦絵を売った分け前を受け取りたくないだけなのに）

絵を凝視し続けていた桜子は、背中に人の気配を感じて振り返った。

異国の品が陳列された間に大勢の人々が立って桜子を見ていた。

なんと長崎に向かったはずの小龍太もいた。絵師の北洲斎霊峰も、お琴こと横山琴女も楽翁も大河内立秋老も船宿さがみの猪之助親方も女将の小春も、芸者の軽古と吉香も、これまで桜子が出会ってきた人々が、微笑みの顔で桜子を取り囲んだ。

なにか話さなければ、と思案すればするほど言葉が浮かばなかった。

その瞬間、身罷った父親広吉の声が響いた。

（桜子、子供の頃のおまえの願いはなんだった）

（お父つぁんと同じ猪牙舟の船頭さんになることよ）

（じゃあ、夢みてえなおまえの願い事は叶ったんじゃないか。あとはすべて些事《さじ》、大したこっちゃねえぜ）

ガーンと頭を六尺棒で殴られた思いだった。

（そうよ、わたしは女船頭になれた。あとのことは大したことではないわ）

桜子は眼前の人々に会釈すると、

「ようもこれまでわたしを支えてくれました。これからは柳橋の女船頭桜子が皆さんの願いを叶える手伝いを致します」

と挨拶した。

静かながら大きな頷きが返ってきた。

終章

　オランダ国南ホラント州デルフトは夭折《ようせつ》した画家アルヘルトス・コウレルの生地だ。この地近くにあるマウリッツハウス王立美術館の建物に隣接して小さな別棟があった。そこには和国に赴任したオランダ商館員が買いためた浮世絵などが展示されていた。

　その一角の壁に二枚の絵が飾られていた。『花びらを纏った娘』と『チョキ舟を漕ぐ父と娘』だ。絵の説明にはこうあった。

「アルヘルトス・コウレルの代表作二点は、和国エドにて素描が描かれ、画家がオランダに帰国後、油彩画に仕上げられた。この二作品は、アムステルダム王立美術館の日本館主展示場を飾っていたが、この度、画家の生地近くの当美術館に遺贈され、別館に恒久展示されることになった」

とあった。

幼い桜子と父親を描いたコウレルの絵は落ち着くべき地に落ち着き、時折り気まぐれに訪れる人々の好奇心を満たした。

（完）

この作品は文春文庫のために書き下ろされたものです。

編集協力　澤島優子
地図制作　木村弥世

本書の無断複写は著作権法上での例外を除き禁じられています。
また、私的使用以外のいかなる電子的複製行為も一切認められておりません。

文春文庫

夢《ゆめ》よ、夢《ゆめ》
柳橋《やなぎばし》の桜《さくら》（四）

定価はカバーに表示してあります

2023年9月10日　第1刷

著者　佐《さ》伯《えき》泰《やす》英《ひで》
発行者　大沼貴之
発行所　株式会社　文藝春秋

東京都千代田区紀尾井町3-23　〒102-8008
TEL　03・3265・1211㈹
文藝春秋ホームページ　http://www.bunshun.co.jp

落丁、乱丁本は、お手数ですが小社製作部宛お送り下さい。送料小社負担でお取替致します。

印刷製本・凸版印刷
Printed in Japan
ISBN978-4-16-792090-6

文春文庫　佐伯泰英の本

女性職人を主人公に
江戸を描く【全四巻】

照降町四季《てりふりちょうのしき》

画＝横田美砂緒

一　初詣《はつもう》で

二　己丑《きちゅう》の大火《たいか》

三　梅花下駄《ばいかげた》

四　一夜《ひとよ》の夢《ゆめ》

日本橋の近く、照降町に戻ってきた女性職人・佳乃。文政12年の大火に焼き尽くされた江戸から立ち上がる人々を描く勇気と感動のストーリー。

番勝負

〈空也十番勝負 決定版〉

一 声なき蟬（上）（下）

二 恨み残さじ

三 剣と十字架

四 異郷のぞみし

五 未だ行ならず（上）（下）

坂崎磐音の嫡子・空也。
十六歳でひとり、武者修行の
旅に出た若者が出会うのは―。

電子

佐伯泰英作品

酔いどれ小籐次
（決定版 全19巻＋小籐次青春抄 合本あり）

新・酔いどれ小籐次
（全25巻 合本あり）

照降町四季
（全4巻 合本あり）

空也十番勝負
（決定版5巻＋5巻）

PCやスマホでも読めます！

電子書籍のお知らせ